TRATADO DOS ANJOS AFOGADOS

TRATADO DOS ANJOS AFOGADOS

Marcelo Ariel

LetraSelvagem

Direitos desta edição reservados à
Associação Cultural LetraSelvagem: Rua Manoel Borba Gato, 115
CEP 11.662-050 – Caraguatatuba-SP/Brasil. Tel: (12) 3883-5059.
E-mail: letraselvagem@uol.com.br / www.letraselvagem.com.br

Editoração Eletrônica (miolo): Cesar Neves Filho
Revisão: do Autor
Capa: James Valdana

O logotipo LetraSelvagem *foi idealizado a partir de cerâmica Aruak, padrões utilizados nas bordas dos vasos, compilados por Koch-Grünberg em 1910.*

Coleção Sentimento do Mundo:
Org. Nicodemos Sena

Dados Internacionais de Catalogação na Publicação (CIP)
(LetraSelvagem, Caraguatatuba, SP, Brasil)

Ariel, Marcelo, 1968 -
Tratado dos anjos afogados / Marcelo Ariel. —
Caraguatatuba, SP: LetraSelvagem, 1ª ed., 2008.
220 p.
1000 exemplares

ISBN 978-85-61123-00-0

1. Literatura Brasileira - Poesia
I . Título CDD - B869

Coleção
VOL. 1
Sentimento do Mundo

Para

Minha mãe Maria Rodrigues dos Santos
e meus irmãos Orlando Rodrigues dos Santos
e José Aparecido dos Santos.

Prefácio

SIM AOS AFOGADOS

Por Mariana Ianelli*

"Fala-se em vão de justiça, enquanto o maior dos navios de guerra não se despedaçar contra a fronte de um afogado".
Paul Celan

Aqui não atravessamos o poema: somos por ele varados. Ficamos abertos, fendidos para o encontro, "vítimas vivas / do tempo", no fogo ondulante entre o ainda-não e o não-mais. Somos passagem, sopro que anima o poema e dá vôo à grande Fênix que ele foi, é e será. Chegamos a esta clareira da presença, a este *Ainda-e-Sempre* de que falava Paul Celan, poeta de luz submersa em sombra, de quem Marcelo Ariel conhece a flor.

"Suavemente penetrei num jardim / onde a única árvore existe", canta Ariel. Aqui estamos, onde o sonho se cristaliza, aqui nos encontramos, onde a orquídea do silêncio se arregaça, juntos colhemos da palavra o seu bastante: tudo o que lhe falta dizer.

Ariel, na sua "intuição selvagem", escreveu uma vez que gostaria de pintar "apenas as nuvens, o mar e as folhas que caem no chão". Misturadas as tintas e as águas, tempos depois, um raio explode no coração do mundo, como em uma das telas incendiárias de William Turner: o *Tratado dos anjos afogados*.

Se "nenhuma frase será capaz de traduzir / esse vítreo sentimento vasto" do poeta, há, no entanto, a música no fundo de uma voz que suplanta com o seu murmúrio de fonte o estrondo da barbárie, o horror humano, a obscuridade; há um outro sol absoluto se imiscuindo nos vãos da vida transbordada; há o mais além dos nomes, o mistério latente no poema, a ponto de ser amado. Pois amemos, sem desunir luz e sombra.

Movido pela metamorfose, algo lamentavelmente raro na poesia contemporânea, Ariel se fantasmagoriza, transmudado em ninguém, e, moldando sua matéria de sonho, silêncio e saudade com um pincel de bruma, torna-se Ulisses diante do ciclope: "qualquer homem pode ser Ulisses / caminhando na praia ao entardecer / Se na gruta de si mesmo ecoa em tudo / a pergunta do ciclope-mundo".

Contra a navalhada cotidiana, vai o poeta rasgando o espaço escuro com um "*diamante (...) capaz de reconhecer a alma ou seja a terrível gratuidade da beleza*" e, por essa abertura afogueada, também ele se abre em plena transparência para "o encontro de uma autêntica *filia*". Assim trespassado pelo poema, Ariel elide o "espelho dos distanciamentos" e convoca o espírito para além da palavra *espírito*, o amor para além da palavra *amor*, no "azul / feito de gelo / flamejante". Trespassados também ficamos nós, pelo afeto, feridos, sim, por essa chaga de estrelas dentro da noite.

E essa chaga pode iluminar-se bem ali, no canto do poeta, como de fato se ilumina, mal contida entre parênteses: "(Ainda estou no açougue-presídio, a chegada da tropa de choque não me acordou do metafísico)". Balas perdidas, chacinas, granadas, valas escancaradas, e Ariel põe Simone Weil a pensar. O inferno se alastra? Pois o poeta de Cubatão caminha por ele, e sonha: "penso, logo, sonho: / (...) Sonho que não existo.../ Sonho com

Baudelaire me dizendo que: '*A vida humana vale menos do que uma fábula de Akutagawa*', / Sonho com Jorge de Lima lendo 'A Invenção de Orfeu' para Brian Wilson, / Sonho que sou um peixe de gelo / e lentamente me transformo em um peixe de fogo, / Sonho que acordo e não me lembro onde deixei meu corpo".

Em um dos diálogos estelares deste *Tratado*, conversam Francis Ponge e Paul Celan. E se imaginássemos o diálogo possível entre Celan e Ariel? Talvez ambos se calassem, simplesmente. Mas no olho do silêncio, em meio à insistente negativa do mundo, nosso poeta guardaria "algo / melhor do que uma resposta": sim aos afogados, contra os quais o maior dos navios de guerra não se despedaçou.

---

*Mariana Ianelli é jornalista, poeta e mestre em Literatura e Crítica Literária, autora dos livros *Trajetória de antes* (1999), *Duas Chagas* (2001), *Passagens* (2003), *Fazer Silêncio* (2005) e *Almádena* (2007) – todos pela Editora Iluminuras, SP.

SUMÁRIO

III) OCEANO CONGELADO

“Um livro é um machado para o oceano congelado em nosso interior”
Franz Kafka

“En el interior reinaba un calor sofocante y una luz azulosa y densa, filtrada por la lona”
Severo Sarduy

“É doce morrer no mar...”
Dorival Caymmi

I

VILA SOCÓ: LIBERTADA

O ESPANTALHO

para as crianças

no meio do lixão
visão do alto
uma calça e uma camisa
São a
evocação do corpo
de um homem
sem sapatos
suas mãos
dois urubus rasgando um saco
sua cabeça
um rato

MOTO DESCONTÍNUO

A máquina de acordar
dentro da máquina
de respirar
A máquina
de falar
dentro da máquina
de pensar
A máquina
de andar
dentro da máquina
de se cansar
Na máquina de ser
a máquina de estar
dentro da máquina de dormir
e sonhar com
a vida fora
da máquina de morrer
na máquina de sonhar

CARANGUEJOS APLAUDEM NAGASAKI

para Gilberto Mendes & Mano Brown

(Vila Socó)
Corpos em chamas se atiram na lama
mulheres e crianças primeiro
caranguejos aplaudem Nagasaki
bebê de oito meses é defumado
enquanto Beatriz
agora entende o poema derradeiro
Beatriz mãe solteira antes de morrer
deu um inútil pontapé na porta

No ar
gritos mudos
a noite branca da fumaça envolve tudo
alguém no bar da esquina
pensa em Hiroxima
nas vozes
horror e curiosidade acordaram a cidade
se misturando
dentro do inferno olhos clamam
por telefone
o ministro é informado
– O fogo os consome...
A sirene das fábricas não
silencia
Dois serafins passando pelo local
sussurram no ouvido
do Criador

"Vila Socó: meu amor"
Uma velha permaneceu deitada
em volta da cabeça na auréola
o último pensamento passa
o coro das sirenes
no meio do breu iluminado
uma garça voa assustada
com os humanos e seu inferno criado
no mangue o vento move as folhas

Um bombeiro grita:
– KSL! O fogo está contra o vento! Câmbio...

Foi Deus quem quis
diz o mendigo
que sobreviveu porque estava dormindo no bueiro da avenida.
Um orgasmo é cortado ao meio
quando o casal percebe o fogo
queimando o espelho.
Voltando no tempo
lamentamos
o movimento do gás
levíssimo iceberg
que converteu fogo em fogo, horror em horror

Vila Socó
estacionou na História
ao lado de Pompéia, Joelma e Andrea Doria
Pensando nisso
ergo neste poema um memorial
para nós mesmos

vítimas vivas do tempo
onde se movimenta a morte se espalhando na paisagem
como o gás
que também incendeia o sol
(bomba de extensão infinita)

Beatriz sentou perto da porta e ficou olhando o fogo.
Até que invade a cena a luz suave de um outro sol frio
Fim de jogo.

(O que não queima)

Beatriz agora é outra coisa e contempla:
raios negros num céu negro
depois brancos num céu branco
suavemente penetrei num jardim
onde uma única árvore existe.

(O incêndio acaba e a garça pousa no mangue, onde os anjos sonham)

Naquela noite um acordou
andou no meio das chamas
e as chamas
o queimaram.*

---

* Escrito no curso de dez anos, este poema é dedicado aos sobreviventes da tragédia de Vila Socó, ocorrida em 24/02/1994 em Cubatão-SP.

SONHO QUE SOU JOÃO ANTÔNIO SONHANDO QUE É FERNANDO PESSOA

Num subterrâneo Letes ou num Eufrates interno
Tocando ramos de invisível água ou fazendo círculos
com pedrinhas atiradas num Tejo etéreo

Não importa...

A quimera-esfinge me espera em todas as margens tendo à sua direita Sá Carneiro e Antero que riem do riso de Cérbero, quando por eles passo, sou acordado e como se sonhasse vou ao encontro de Adília Lopes que está dançando nua na fonte cercada por uma auréola de baratas brancas, Adília me aponta uma carreira de formigas subindo aos céus, onde nuvens formam o rosto de Dante, sentado cá embaixo e desta vez desperto, vejo um anjo torto de oito asas lendo perto da casa de Adélia Prado. Sabendo da existência de uma igreja ali defronte, pergunto ao anjo: "E aí, meu irmão, veio pra missa?". O anjo diz: "Não, eu vim pelas formigas". "E Deus?", volto a perguntar. "Está lá ouvindo Bach". Vou até a igreja, empurro a porta e entro num terreno baldio onde anjos sem asa jogam bola com moleques sem camisa, todos muito felizes como se realmente existissem.

CATÁLAGO DO FIM:
PENSANDO EM KLIMT E GOTTFRIED BENN

para Sebastião Uchoa Leite

chuva
Paro
olho
na porta
Formiga carrega outra
Garota se molha

chuva pára
Saio fora
A luz da lua
também

carrega noite
nas costas,
A água quer a roupa
Etérea,
nem sinal da alma,
no lugar
bico dos seios
sempre à mostra

Ela
Leda sem cisne
segue
Cabeça baixa

Atrás
Quixote-Sade
20 anos
em bicicleta roubada
cantando
Racionais:
'O homem na estrada'
Outro dia
Nos intranqüilos sonhos

(descrição)

Quixote-Sade
Carrega garota nas costas

Bicicleta joga no rio
Os dois
Pulam
afundam
sobem

Até a lua

Tudo é nada
em morte-amor
A terra explode.

O REFLEXO DE K.R.

O espelho
Não é uma fronteira
Cercada de luz
Se parece mais com o que divisa um lago

Ou com a imagem da nuvem que toca sem tocar
esse lago do nosso olhar.

A REVOLUÇÃO

para Francisco Alvim (após ler seu livro 'O elefante')

Acordo
Entre vizinhos
Um acorda
Meia-noite
E diz bom dia
O outro acorda
Meio dia

(Os dois enterram as armas no quintal)

A PERGUNTA E A RESPOSTA

Eu sou a metáfora de uma galáxia ou a de um átomo?
A resposta da alma é o silêncio.

A PERGUNTA E O MITO

Diante do insolúvel
Invento
'nazificar'
(um verbo maldito)
pensando no
Ozymandias
De Shelley e no de Alan Moore*
E consigo 'ler' em Camus
Não um grito
Mas o improvável
Um riso
Em Sísifo.

---

* Alan Moore, roteirista e quadrinista inglês, cita Ozymandidas em sua Graphic Novel Watchmen.

ECO

Narciso é como o mar nos olhos de um gato
beijando seu corpo inteiro como se fosse outro
seu olhar Eco dispersa
ele vê no mergulhar em si uma resposta intensa
Eco permanece vendo num morto ainda vivo
um suicídio-amor sempre adiado
à beira daquele olhar-lago.

A REUNIÃO

Para o leitor
é a burocracia-morte
avançando
enquanto a vida explode
ao meu lado
como uma revoada de pássaros
ofuscando a reunião.

A COSMICIDADE DE TUDO

Para dizer o mínimo
não adianta
procurar no dicionário
algo equivalente *ao real*
O silêncio é extraterrestre
e humano
(mais do que nós)
apesar do som dos planetas
no centro disso
os átomos, os anjos
e outras metáforas
do vazio ou do insolúvel *permanecem...*
Imagine uma piada
como essa
tão longa que morremos antes
que ela acabe
e o universo inteiro
espera seu fim
para rir
da nossa cara
com a mesma
indiferença
com que nos vê
através das estrelas

VILA SOCÓ LIBERTADA

(depois do fogo)
no outro dia
(sem poesia)
as crianças (sub-hordas)
procuram no meio do desterror
botijões de gás
para vender,
um menino indianizado
encontra uma geladeira
pintada por Pollock
dentro o cadáver de uma grávida
incinerado
com a barriga estourada
a mão do feto
devorado
(por Saturno)
atravessa as tripas
sai para *o fora do fora*
ali ao lado
onde o silêncio do menino
é calmo
(a quietude neutra avalia o inconsolável)
um jornalista
a cem metros do projeto
caminha
(a câmera-sombra focando um canto)
atrás dele
um rapaz

que julga ver nos escombros
um Lázaro
ele corre e ao agarrar um braço
o braço vem junto e ao ser largado
no ato
por um instante entre o chão
e o espaço é fotografado
pelo pai de um
dos meninos do gás

na foto revelada:

uma realidade
desfocada
(sem mortos, vivos ou paisagem)
tudo é uma névoa-nada.

PRAÇA INDEPENDÊNCIA-SANTOS

Por que esse anjo não grita?
(Para acordar os corredores-sonâmbulos
que atravessam a avenida.)
Ela dança em volta dos corredores-mortos
(do shopping-center)
Onde a outra sede se esconde
Enquanto o Sol se apaga
(clonado na tv digital do celular)
como os sons de uma catedral desabando
ecoam no ar
condicionado
(os corredores estão sonhando
com si mesmos)
No vidro,
sonhando com algo menor refletido em outro
na vitrine,
outro com tempo para lembrar
de coisas para comprar
como a sensação de nunca
ter
visto um pássaro
olhando
nos fios os fatos
projetados sem ênfase
(ou existência)
comprar um lanche barato
olhar no jornal
uma estrela
engole um planeta
engole outra

ou concorre ao Oscar
notícias rápidas
como carros
na velocidade do desespero
eufórico,
os corredores
(dentro & fora)
param
para atravessar o sinal
em tempos diferentes
(cérebro-metrônomo)
passam de novo pela estátua
com seu grito
gravado nos olhos
de novo
na praça-túmulo
pela Supernova imóvel
no jornal
(para uso microscópico)
pelos adolescente
parados no velório cômico
do 'cardume' de carros
com crianças velhas, galáxias,tudo gritando
só o louco ouvindo os gritos

(o grito congelado dentro da estátua
transformado em Deus congelado dentro do riso do louco
como respostas congeladas dentro do Sol
que não pára de gritar ou cantar)
o Sol sonhando com o sono do anjo.

JARDIM COSTA E SILVA-CUBATÃO

(Antes da unificação dos comandos)

No meio de um eclipse
(da memória)
O Sol
(Um traficante morto nos anos 80)
pergunta as horas
para meu irmão louco,
enche um copo com Vinho
Sangue-de-boi.
Na esquina às três da manhã
mostro para ele
um disco do The Who
Quem?
É o nome da banda
eu digo
ele ouve no meio do deserto,
amanhã
Draculino
(Outro traficante)
dará um encontrão no Sol dentro
de um supermercado
na seção de biscoitos
motivando talvez
'o oco' de um boato ou assassinato,
meses depois
o Sol na UTI
vai para o fundo
do mar escuro.

Para comemorar
o delegado
oferece um copo de conhaque
para o *avião da morte*
e olha para mim
pensando em nada,
Draculino é preso
ainda dando as cartas,
antes de ir dormir
(Jogando buraco)
continuem esse jogo,
ele diz...
(Depois no pau de arara reza:
Porra, não fui eu que matei o Sol, foram os homens.)
Draculino é solto
passa na rua e reza de novo para o ar:
É a maior injustiça.. o Sol morto e
os homens vivos.

CARANDIRU GERAL

Uma molécula do Hades
habitada
por fantasmas
incontados
aqui estão
na escola dos ex-kamikases,
a mente convertida em bala
o olho em faca
todos gado
80 numa sela para 30
"vivem" duas horas por dia cada
na lei no silêncio
defendem
o direito quântico de matar
por nada

lá fora
o insolúvel
na hora errada
alimenta as células dos comandos
(o medo de mãos dadas com a Besta Assistencial)
ali num outro canto
o Poeta Hélio
preso com uma camisa do PT
por ter ido buscar coca na esquina
o inferno dele
nada para ler
ou escrever
ao seu lado

um anjo caído de três cabeças
oferece um cigarro
o nome do anjo:
PCC
'um dia todos os comandos vão se unir e dominar geral'
diz uma das cabeças
'pode ser a revolução'
diz o poeta depois
ao me encontrar
num bar
fora da prisão-Styx
'lá a degolação é a tese e a matança é o processo,
a contabilidade é um degolado por noite'
Aqui eles têm tempo...
'o problema é espaço...'
conosco é o inverso...
(O outro comando, o da lei ouve a voz bífia
do Poder ordenando *a transferência do terror*)
Em toda parte Hamurabi é o Senhor
suicidado o Poeta troca a cela por um bar
e silencia...
Na cela esquecida o degolado ria
quando era um cadáver vivo
agora no presídio abandonado
(futuro centro cultural?)
a cabeça degolada é a flor do mal.

CENA COMUM

Vila Parisi transplantada
Para dois quilômetros
de onde estava
do nada ao nada
prevalece a lógica engrasádica
Em outra (a do terror)
espelhada
visito no sempre ontem
uma favela num bloco
verticalizada
(Pós-Bauhaus?)
projeto de um Speer adestrado
amante da desgraça,
de dentro gangues de moleques
vomitadas escrevem
a arte do assassinato
como um videogame
no corpo do ex-lugar,
pontos de uma acupuntura macabra.
'Na semana passada atearam fogo
numa banca de jornal'
onde um policial
havia parado para acender um cigarro
e perguntar o número de uma casa.
Em seguida
a dona na banca
queimando as sobras na praça
gritava

– 'Ninguém toca em nada...'
Um aposentado
aplaude com o olhar
'O dinheiro é o culpado'
sussurra a sombra de um ex-anarquista
com medo de ser caçado.

O BODE

Ao me ver na tv com uma tarja
onde se lê: 'Poeta'
para os meus vizinhos
a marca ilumina um sentido,
antes não sabiam
por que eu estava vivo
(o clone-fantasma, uma espécie de Joe Gould morando fora
do círculo)
meu vizinho da esquerda
me pergunta sobre
o bode 'Lé'
e comenta que na infância
'usava as cabras'
retruco que o bode era um poeta.

Uma outra evangélica
ouvindo tudo pela metade
cita o asno de Balaão.
Respondo que preciso
'ir até a Bíblia e já volto'.
O das cabras
diz que antes os
'animais falavam com Deus
e eram sacrificados por isso'.
Completo:
'Hoje vivem como nós num proto-inferno'
(em algum lugar o bode sorri para Baudelaire)
volto e meus vizinhos
estão mudos e angélicos
como as roupas balançando no varal.

COMO AS PALAVRAS

Duas crianças brincavam de formar uma névoa
de distanciamento
e ver o outro como um estranho.
A névoa era feita de perguntas.
Por trás da névoa
a paisagem de símbolos e sinais escondidos no mundo
se move dentro dessa micro-física óbvia
como as anulações do tempo ou o silêncio
crescendo em volta do seu olhar
a paisagem amorosa se dissolve na névoa
como um comprimido efervescente
jogado no mar
para encenar 'A morte do Sol'.
Eu só preciso perguntar o seu nome
e então começamos a brincar com o que nos falta...

COM MILES DAVIS NA SERRA DO MAR

Realmente a música
muda a alma
como se nossos olhos
no momento em que vamos
morrer se voltassem
para dentro
e vissem dentro da névoa
prateada a luz se quebrando
em pedaços
como os dias
nascendo no meio
da noite
dançando em sonhos
para nós
como essas
folhas dançam
a música.
Como o céu que dança para si mesmo
Sem a nossa presença
e depois se apaga.

O ENIGMA

Será sempre
este esquecido alfabeto
cujas letras são nuvens,
tocando suavemente o nosso olhar
e os lagos?
O que diz a água
dentro dela antes de tocar a terra?
O que sussurra no ouvido da água o ar?
Como decifrar essa chuva imóvel para os mortos?
E essa outra chuva que escreve vida no ar?

EM CUBATÃO

num céu que não nos protege
contemplando a procissão dos falsos replicantes
sendo sugada pela interzona industrial
cercada de favelas
pétalas dessa flor do mal
ouvindo o sino de fogo de Rimbaud
(que aqui seria só mais um desempregado carregando o
pólen da morte
flor enorme e cósmica
desse jardim das trevas
onde os nomes das cidades ou dos Poetas
serão nada)
Um sol negro irradia esse silêncio atômico
Voltando ao poema
ponto final do ser,
a besta pára
na Praça Euclides Figueiredo, desço
entro na Rua Camões e sigo pela
Machado de Assis.
Amém.

O AMOR

No ultra-sonho
estar sendo é ter sido
onde um polvo
epiléptico feito de dois corpos
procura em vão
a luz entre carcaças
depois se transforma
num transparente e maravilhoso
pássaro cego.

PARADOXO

a enfermeira comenta sobre os fetos que ficam no útero muito além do tempo necessário, suas unhas crescem e como são finas, eles se cortam no rosto, sua pele descola do corpo, eles evacuam e depois de comerem as próprias fezes sem terem nascido morrem e apodrecem.

RIMBAUD ROCK

É o nome da banda
No auge

do centésimo show
os músicos tocam

fogo no próprio corpo
no meio

de uma versão de ‘Purple Haze’
com trinta segundos .

Logo após a platéia
de onze mil adolescentes vai embora

mascando chicletes de cocaína.

Um deles de 13 anos comenta:
“Não eram eles, era um show holográfico.”

“E o cheiro de carne queimada?”
Outro comenta.

“Era o pessoal da primeira fila”
alguém responde.

ONTOLOGIA & MERDA

entre o caos de Pirandello e o de Pasolini
invade o poema um menininho fumando crack na esquina
dentro da vida cínica
entre o caos de Afonso Henriques Neto e o caos convertido
em teatro fatal pelo menino
penso em dar um tiro de misericórdia
nos poemas
poemas são a merda da alma
e o tempo é uma lenta bala perdida, me diz o silêncio do
menino

II

SCHERZO-RAJADA

ALICE NO PAÍS DAS MARAVILHAS
Versão do Diretor

Estou
no Inferno?
Não,
é o Carandiru
e faltam
5 segundos para o
massacre dos 111.

O SOCO NA NÉVOA

para Gill Scott Heron

Fumando uma idéia
Dentro desse açougue
Metafísico:
É quase
Impossível
Não-pensar
no paradoxo quando
Irrompe
nas esquinas,
A humanidade,
Com a sua
Corrompida
Verticalidade,
Que jamais
Se tornará o diamante
Sonhado pelo *Ser*
Bento Prado Jr.,
Se proliferando
Como a imaginação *paralisada,*
Como o som da chuva
Atravessando gerações
De nuvens até *Ser*
Ofuscado por essa
Matéria escura
Do Sr. Klee:
Impossível não-pensar

Nisso ao vermos
A turba exilada
Em pedaços
De carne
Sem nenhum "êxtase" ou os
Incontáveis
Mortos que imitam
A concha
No ácido
Do "Sublime"
Carvão
Do Eu:
(Um assassino se escondendo no interior do tempo)
Enviando *A essência*
Franqueada
Para campos de concentração
Dentro "Do Sol"
Cantando o *infinito*
Foda-se:
Impossível não-pensar nos olhos
Do Saturno de Goya
No rosto do "*Ou o poema contínuo*"
Mirando os raios
"estes"
Que escrevem
Um cachorro morto
No céu:
Impossível NÃO-PENSAR
No Mozart quântico
Que mora no fundo
Da *Multidão-sono*

Como uma mônada-semente
Que não
Vinga
Apodrecendo
No jardim *esquizocênico,*
Nas balas perdidas,
No perfume
das granadas
explodindo no bar
das Parcas:
Num Eclipse-invertido
seguido de uma chuva fina *por dentro*
do olhar
da criança recém-esquecida
nesse bar-iceberg para o '*Bateau-Ivre*' no sangue
dos amantes-kamikases
(Não há outros?)
Habitando como Mozart o fracasso da fusão
do um em um
(Nuvens de vapor)
No céu de Titanic-World.
Impossível não pensar no fracasso invisível
dos cadernos de cultura
onde o tédio de Camus
encontra o de Valéry
e ambos são dissolvidos
pelo olhar de um catador de papel
às quatro da manhã
na portaria da USP,
apenas um esqueleto
de vento

comenta essa idéia esquiva,
enquanto ainda sonhamos
com a devolução
das nossas auroras roubadas
(com o cheque-sem-fundos do carinho entre estranhos),
Não pensar na Covardia disso:
A visão de um catador de papel
neutro-efervescente totalmente anulado
pelo primeiro círculo,
nem na covardia desse falso poema
Da *ficcionalização do encoberto*
Ou em outras nadificações
que alimentam
em nós
o olhar de Saturno
e o desejo
por carnificinas
tão banais
que equivalem
a ouvir
no cinema
um celular tocando
no meio do filme,
como um veneno para o sentido
oculto *nas vozes dos atores*,
ANULANDO,
não as chacinas,
mas a intensidade das ausências,
como um grito
Em Bach:
(Pausa para uma pergunta:

É melhor continuar
Sendo o fantasma de um poema ou *em um poema*?
Ou outra pergunta?)
Que se abre
no sono-dos-sonos
da superficialidade
nessa massa flutuante
de anti-seres
onde alguma coisa há
indo de encontro
ao nada-absoluto
Que não-há:
É impossível não pensar no pouco tempo que nos resta
para tentar
voltar ao outro,
ao *outro agora:*
(*Impossível não pensar na gratuidade),*
Onde o Sol nasce pisando nas nuvens
para vomitar sua luz
no banheiro sujo
da humanidade:
(Da Mente: Esse oceano imóvel?)
Não pensar nessa chuva
De *satoris* falsificados
através do sonho
das multidões:
Nem na implosão dos cemitérios
verticais *da arte*
criando um gigantesco
"anti-smog" para o sono dos sentidos:

Não pensar no cansaço da visibilidade,
Na inauguração da fábrica de suicidas-amadores,
(Não há outros?):
Na essência evaporada
passando pelo buraco da agulha
e desaparecendo
no brilho surdo
da película de Berkeley:
Podemos ouvir
Nos ossos
A voz
do grão de areia
cantando o nosso nome
para o azul,
Na tela 'Solidão' de Iberê Camargo,
Não pensar no pouco tempo
para projetar nosso riso
na festa dos cadáveres
sem centro,
Isso equivale ao sono desesperto
na saída de um baile-funk
ou ao sono-alegre
de uma festinha universitária?
Em ambas
erguemos um brinde seco
para o véu do corpo
enquanto a verdadeira festa móvel
dos galhos
avança pelos destroços
da calçada
até alcançar

os do asfalto,
ali os pneus
dos carros cantam um ária
dodecafônica,
para as marcas
das calcinhas
nas bundinhas
das mãezinhas
de 13,14,15,16,17,18,19,20 e 21
que rebolam
para *o sempre*
e *o mesmo,*
opaciadas por essas
minúsculas
asinhas de Ícaro
quebradas e retorcidas
em seus ventres,
como seqüestrados em porta-malas,
crianças que irão cair
para *o sempre*
e *o mesmo*
rútilo vaso sanitário
do projeto humano:
Uma biblioteca deserta
nos subterrâneos de uma igreja gótica
abandonada:
Enquanto isso,
um bêbado canta um hino
que mistura os hinos
do Corinthians e do Flamengo
com o Hino Nacional

e o resultado parece mais autêntico
do que *o País em si*:
É impossível
não pensar
em esculpir
um cão negro
nos restos dessa criança
jogada na vala
do silêncio
ou na gaveta de cimento
das cintilâncias cinzas:
(Essa é para o Sr. Auden:
O cemitério da memória
transcende a ficção dos fatos?)
Posso ouvir sua voz ecoando NO JARDIM:
"Por exemplo:
Em HAMLET
É fácil notar que o amor e a morte
possuem a lógica de um assassinato, com uma sutil e
única diferença..
No amor a ausência é evocada
Para tentar materializar
O fantasma de UM VIVO"
Na morte a vala do silêncio explode
e amplia *o meio* do rosto,
pétalas caem para dentro:
Por que não conseguimos contornar o nada com nossa
mudez?
E há um não-grito caindo
no piso
do Banco Dostoievski, do Banco Van Gogh,

do Hotel Proust,
um não-grito no cemitério clandestino do universo...
(*Ainda estou no açougue-presídio, a chegada da tropa de choque, não me acordou*
do metafísico...)
É impossível não-comparar
A chegada da tropa de choque
com a inércia dos anti-corpos:
Não pensar em Simone Weil
Se esquecendo
De Jesus
no meio da chuva:
"*E se a partícula pensa.*"
Ela pensa:
Também choveu no banho de sol
interrompido
pela rebelião *em volta* do presídio
de segurança máxima,
centenas de teresas em chamas,
"*Formam uma flor*"
....
"*São os comandos de um lado e as facções do outro*"

Ela está pensando,
dentro da cabine do helicóptero
da polícia ou da CIA
(Que diferença fará?)
"*As coisas não são tão simples*"
Pensa *a policial :*
"*Nem mesmo são coisas..Como podem pensar?*"
Simone Weil diz para a chuva,

A mesma chuva que dezenas de anos depois
molha o visor do capacete dos soldados:
Simone Weil passa por mim e entra
Na fábrica:
Esqueça a tropa de choque, procuro pensar
como as partículas de Píndaro
pensar nos mortos
que sonham conosco
quando estamos acordados,
Pensar no fantasma do universo,
nos raios desse fantasma,
em Cy Twonbly
desenhando o canto dos pássaros
dentro do açougue
Em Mozart,
"É melhor não..."
me dizem as partículas-Bartleby
"O nome do jogo é sonhar"
"Pode ser uma bela inversão da lógica da morte"
Ao tentar não-pensar penso, logo, sonho:
"Sonho com Chet Baker fumando um cigarro
na sacada do hotel, antes de cair... Com minha mãe morta me acordando...
Sonho que não existo...
Sonho com Baudelaire me dizendo que:
"A vida humana vale menos do que uma fábula de Akutagawa",
Sonho que Bogart e Camus são a mesma pessoa,
Sonho que Miles e Coltrane estão tocando com os Beatles,
Sonho com Jorge de Lima lendo 'A Invenção de Orfeu' para Brian Wilson,
Sonho que sou um peixe de gelo

e lentamente me transformo num peixe de fogo,
Sonho que acordo e não me lembro onde deixei meu corpo,
Sonho que acordo e não me lembro de ter acordado... e as duas sensações
são a mesma,
Sonho que posso enxergar a energia do silêncio,
Sonho que acordo fora do sonho e pergunto:
Pergunto ao silencioso inferno-que-não-funciona-direito,
Pergunto ao alto fundo dos oceanos,
Ao imóvel fantasma do universo,
Pergunto para as paradas cardíacas,
Para os buracos negros das balas,
Para o brilho e a fumaça dos pneus queimando
Meu Corpo,
Para os soldados de 13, 14, 15, 16, 17, 18, 19, 20, e 21
cantando e dançando em volta da fogueira,
Para a escuridão das covas vazias,
Para os espaços livres da minha presença,
(Infinitos ou não... Que importa?)
Pergunto anulando o não-grito :
'Se não há tempo nenhum, em lugar algum, que estranho anti-sonho é esse,
Onde nada revela sua essência e propósito?"
E a resposta, meus caros,
É como um soco
tão forte, que me joga para fora,
tão óbvia, que me recuso a escrevê-la,
apenas me levanto
dentro de mim mesmo
em algo que jamais senti
ou pensei antes
e entro na Névoa.

CADENZA DOS COMANDOS OU PCC FOREVER

1. Ode ao bombeiro assassinado

"Esta vida de pedra e nada"
Pedro Nava em carta ao poeta Sérgio Amaral Silva

Sim
de pedra
e nada,
se dissolvendo
no tempo,
o único que
a utiliza
a contento,
desfazendo a pedra
e deixando intacto
o nada.
Impossível essência de sua matéria,
que sonha
com sua morte
através
da escuridão
dos infinitos
espaços
que entoam seu nome:
Eis o fogo do silêncio.

2. Marcola : O Duplo-Lenz...

" Aprendamos a lição! Nada se fez até agora com base apenas no fervor e na espera. É preciso agir de outro modo, entregar-se ao trabalho e responder às exigências de cada dia. Tanto no campo da vida comum, como no da vocação, esse trabalho será simples e fácil, se cada qual encontrar e obedecer ao demônio que tece as teias da *sua* vida."

Max Webber em 'Ciência & Política'

Um personagem do *Pickpocket*
que atravessa no escuro o Inferno de Dante,
o refém do estado onincompetente,
é meu negativo,
Um Lenz-duplicado
em sua fusão
com os ex-poetas exilados por dentro,
de certo modo é *ele* quem provoca
pequenas ondas e irradiações
como uma pedrinha atirada
na água-parada.
(Em São Paulo-SP)
Uma pequena simulação de uma sombria revolução molecular
na segunda burocrática.
(Ah, os dias do mercado, as semanas e seus véus para
encobrir uma guerra-civil subterrânea)
Eles serão rasgados.
Depois do carnaval, a Copa?
Escutai, nenhuma trégua nos aguarda.
Não falai mais em esperança...Ó ! Vós que governais...
Esperança é o caralho!
O que escreve poemas, profere a sentença
do fundo do balcão de negócios :
A polícia é o dragão de três cabeças.
Os comandos são a cauda.

O que escreve é um poeta enterrado em Marcola
como Dante em Savonarola...
À direita do dragão :
Advogados e seus chicotes de retórica...
(A mesma desde Quintiliano)
Inútil para acalmar o dragão de setecentas asas
que se arrasta no deserto do 'Humanitas' Kantiano...
(Brasília-DF)
Por duzentos reais
Advogados-romanos compram um dos ecos
da minha voz
lendo Santo Agostinho
dentro do Titanic-Negreiro
(Brasil-América Latina)
O resultado :
No New York Times
a visão de um ônibus em chamas
envia um nítido
'Vão tomar no cú!'
ao mundo inteiro...
Esse ônibus, meus irmãos
é uma ilha em chamas
no canto 12 do purgatório...
À nossa esquerda
Kafka conversa com Hitler
no celular
e isso será multiplicado...
(A avenida Paulista evolui para uma elipse e é invadida pelo
vazio das quatro da madrugada)
Toquemos
Os coros invisíveis de Stockhausen
para os cães no futuro

jardim dos doze mil comandos.
No lugar de 'Ordem e progresso';
se escreverá :
VIVA A POPULAÇÃO CARCERÁRIA!

NOVA CADENZA DOS COMANDOS

"Ao incorporar a este poema trechos do estatuto do PCC e da carta de um de seus fundadores Misael da Silva, estou apenas tentando provocar uma reflexão sobre os recentes acontecimentos que são a conseqüência de um grande e grave conflito entre os altos negócios desta facção e os altos negócios do Estado que por omissão, corrupção, conivência ou incompetência às vezes se
torna um Estado criminoso ..."

'Este jogo cômico e bruto
Quando há de acabar.'
Baudelaire

'Enquanto crianças morrerem de fome, dormirem na rua, não tiverem oportunidade de uma alfabetização, de uma vida digna, a violência se tornará maior. As crianças de hoje, que vendem doces no farol, que se humilham por esmola, no amanhã bem próximo, através do crime, irão com todo ódio, toda rebeldia, transformar seus sonhos em realidade, pois o oprimido de hoje será o opressor de amanhã.
O que não se ganha com palavras se ganhará através da violência e de uma arma em punho. Nossa meta é atingir os poderosos, os donos do mundo e a justiça desigual...Se iremos ganhar essa luta não sabemos, creio que não, mas iremos dar muito trabalho, pois estamos preparados para morrer e renascer na nossa

própria esperança de que nosso grito de guerra irá se espalhar por todo o País... SE TIVERMOS QUE AMAR, AMAREMOS; SE TIVERMOS QUE MATAR, MATAREMOS.'
Misael da Silva, *carta escrita em 1995*

'O importante de tudo é que ninguém nos deterá nesta luta porque a semente do Comando se espalhou por todos os sistemas penintenciários do Estado e conseguimos nos estruturar também do lado de fora...Conhecemos nossa força e a força de nossos inimigos. Poderosos, mas estamos preparados, unidos e um povo unido jamais será vencido.'
Estatuto do PCC

Fonte : Revista Caros Amigos de 28 de maio de 2006

É óbvio que preferimos os projéteis de Baudelaire
a ver nos túmulos esse Uroboro invertido
o dragão de setecentas asas e três cabeças
movendo sua cauda nos presídios...
nas paredes reina o fantasma de
Hamurabi..
As unidades prisionais são
um átomo do Hades...
Ali os netos dos sobreviventes de Canudos
tomam duas horas de sol cada
e transformam uma lágrima em faca,
Um leu a *Arte da guerra,*

um Maquiavel por dentro?
Outro nunca leu nada
só 'amor-de-mãe' na pele-lápide
Lá fora o insolúvel respira...
A sociedade contra o social é a U.T.I. da alma.
Uma reação ao insolúvel :
Os comandos são o seu duplo incômodo.
O medo empresarial montado na besta do Estado janta sossegado?
Num canto do campo de concentração outro Poeta-enterrado pensa no escuro:
Da cauda do Dragão, agora com trezentas cabeças,
sai um anjo e oferece um cigarro.
Do outro lado do Styx.
Começa o ISSO 9000 do arrastão, escrito nas nuvens.
A cauda do Dragão reescreve a cartilha do I.R.A.
na cela com os fantasmas de Canudos.
Aqui fora um presídio simbólico ofuscado
pela sociedade do espetáculo.
Agora a seleção dubla o hino num filme estático
o poeta enterrado canta junto. Cantam as AR15s.
As bombas-caseiras. Os ônibus incendiados.
E o canto ecoa num terreno baldio
e lá no alto outros anjos cantam
o hino do fogo e o hino da Terra.

Enquanto penso na quietude voraz dos cemitérios,
onde reina a paz dos ossos.
ali o comando dos comandos acaba com o jogo
que separava um presidiário e um policial de um poeta.

III

OCEANO CONGELADO...

NO DESERTO COM PAUL BOWLES

para Ana Cristina César

1.

O dia apaga teu rosto :

"A dark form impenetrable silent..."
P.B.

A noite
caindo como um suicida,
refaz o movimento
de uma pérola descolando;
Nuvens brancas no céu
apagam teu rosto sem dono,
sombrio, tentando
insinuar que a melancolia
dos horizontes
abraça as árvores,
que todo esse *ouro violento*
é neutralizado
por um poderoso vazio sempre
nos chamando.
Podemos vê-lo na luz
que sai do nosso olhar
tocando de leve
o alto do Morro
e depois se fechando

sobre o rosto;
Luz se erguendo
como uma torre
sobre os escombros
de outra :
Escuridão
de um silêncio incompleto
em sua amplidão de deserto
flutuando no ar
entre rosas de água...
A umidade das pétalas
é como a pupila
tocada por essa luz,
que lembra
um diamante na piscina,
pedaços pequenos dela
se quebrando
até formarem um átomo
que fica cada vez menor
até o núcleo do invisível-indivisível,
que o aniquila...
Por enquanto vemos somente o que vemos,
a silhueta impenetrável desse silêncio
num crepúsculo
se quebrando como uma carícia
do fim
sempre chegando,
do dia jamais
terminando
até que a diferença
entre o visível e seu contrário
anulamos

quando finalmente
vamos...

2.

Para onde vão os mortos?

" The white Light of
our flimsy prision..."

P.B.

O espaço interior,
como casas de cristal
onde "quase-vivemos".
Nossos tentáculos de cristal, tão frágeis,
que nos esquecemos
do que eles nos trazem?
Da delicada transparência da luz e sua prisão
onde "nos sentamos por dentro"
para escutar
o som áspero dos galhos secos do tempo...
Ali, nenhum inseto nos perturba
"como um pensamento",
nenhum vento...
Nada saberemos
sobre esse lugar?
Onde jamais estivemos...

3.

Honestamente o que foi dito está acima do visto pelos olhos,
acima das árvores, que aparentemente são os anos e as

estações, acima do teu rosto indiferente, acima do rugido desse vento obstruído pela floresta, acima do que nela está ouvindo o chiado fino das coisas que jamais foram reais, do que está escutando nosso esqueleto, "nossa carcaça psíquica", acima destes objetos inanimados, acima das nuvens, acima destes signos que se movem como um lençol na superfície de um sono, acima da nossa respiração inquieta e do abraço maravilhoso desse repouso do *Nunca mais,* das ruas que estão em toda parte e são a mesma, acima de tudo o que pôde ser assassinado e principalmente acima desse *Ser* que pensou reinar sobre as árvores como se ouvisse úteros que num paradoxo concebem a si mesmos, como se ouvisse do fundo da mente e de sua "dupla exposição", o sussurro mecânico e sem razão do próprio coração...

4.

Se a febre retornar
poderei ver a manhã
dos Santos
caminhando dentro da fome?
Ser o ar na voracidade das últimas florestas?
Sorver o vinho do silêncio e seus meses e anos
dentro do vento?
E na febre sentir a lenta explosão
do corpo
no deserto de dentro...

PAUL CELAN

para Torquato Neto

A humanidade
Com ele
Silêncio:
Celan
Se abre
Selo
No rio
Pedra
Nuvem
Quebra
Faca
chave
livro
como queda
no próprio olhar
uma porta
abre
dentro
cristal
espaço
branco
tênebra
dia
carne
canto
fora
a morte
um manto

de silêncio
cresce
em nosso campo
esconde o canto
esse olhar
pesa
uma rosa de sal
e não afunda
sobe
atravessando
todos
os
campos.

A VIDA É SONOLUMINESCÊNCIA

Chove
no Sol:

Há uma
estrela
na jarra
d'água:

Fatos
num
sonho:

Onde algo imita a luz com perfeição.

TOLSTOI NO MOTEL

Comparo inutilmente
o suor do amor com o orvalho
ou com a chuva passageira,
e o silêncio que fica com
um poema sem palavras
ou com um espelho no escuro

e sonhar com ele
com andar na água
ou tentar lembrar como.

A ÚLTIMA NOITE

Lendo Brodski
sinto a irônica
presença
do mesmo narrador
de Auden
que lê comigo "O Agente Secreto"

ele também me
espera
fora do poema
onde estou
agora em enigma

(como o vento que move as folhas dessa árvore)

O ENIGMA DO ÓBVIO

Me intriga
a metafísica oculta

Na banalidade de frases
Tais como:

"Você tinha que ver"
"Nem te conto"
"Pelo contrário"
"Você não morre mais"
ou
"Falou no diabo aparece o rabo"

Num outro contexto
ofuscariam menos nossa
pequena luz inversa.

A CRIAÇÃO DO MUNDO
Um Diálogo

Sou um poema?
Não, apenas luz.

Quantos anos você tem?
Sete dias.

E você?
Nenhum.

Estou sonhando?
Não, você está lendo.

A VIDA É ESSA LUZ ?

Depois de ver
"A Besta Humana"
e
"O Anjo Exterminador"
na
minha mente
as imagens
dos
dois filmes
e as dos esquecidos sonhos
se misturaram
como se fossem
as respostas.

DRAMATURGIA SECA

para Antunes Filho

São
só palavras
no papel

que se
movem
em direção
ao vazio

emprestadas como
todo o resto
parecem ter
uma certa afinidade
com as coisas,
até que algo
se desprende
e fora dessa esfera
se cristaliza

OS ANJOS

Brincam de
pega-pega
nos elétrons

e

de esconde-esconde
no espelho.

VEREDITO

A mente
não dorme.

A alma
não pensa.

A vida
não vive.

PARA NICK DRAKE

O
silêncio
disse
algo
e
se
calou
para
sempre.

DESINTEGRAÇÃO - MORTE

Daqui brota a
linguagem
do outro lado
o pensamento vem
como num baile
os dois dançam
o baile acaba
ser e linguagem *cessam*
o pensamento
vê a porta aberta
e flutua até
um abstrato *quando.*

PENSANDO EM BRUNO BETTELHEIM

Diante do sono de Deus
Lúcifer dirá:
"Auschwitz".
Enxergo um
"Dachau"
no olhar
das
crianças.

Penso no sussurro da luz
em Goethe
e no jardim que me vê
pela última vez
Desligo a TV para sempre
e
escrevo no espelho:
STEFAN
SZWEIG!

O AMOR

Amizade
Fio invisível que se dilata
no espaço tempo
se movendo para
dentro

Quando há vários fios
é a energia do silêncio
que os sustenta
Onde dois pontos
convergindo para um centro
ainda não
são.

COMO MAURICE LEGEARD

Viver para
conhecer a Aurora
e o Eclipse,
o
Limite
e o
Sacrifício.

Morrer para abrir o
Sétimo Selo
onde
a eternidade foi um dia.

DIÁRIO DOS FILMES

Em "Crash"
Cronemberg alcança Camus
ao tentar recriar a aura parada do cotidiano,
noto que entre a cena final e a cena no ferro-velho
se insinua uma suave dimensão
épica para uso dos suicidas.

LENDO CASCOS E CARÍCIAS

Encontro nas crônicas de Hilda Hilst
uma síntese que me agradaria

dentro disfarçada de *túrbida* tristeza
rutilante ironia e invisível tessitura luminosa:
uma menina morta.

UM BILHETE DE JANE PARA BOWLES

Se ***"Isolamento é evolução"*** em Kafka,
concluo que o amor é um conceito ilusório
ou distância mistério e contenção
se os relacionamentos humanos
estão em oposição aos divinos.
Talvez isso justifique o deserto.

BETE COELHO EM CACILDA

Teatro Oficina /dezembro-1998

É uma busca para sair das trevas do amor
e lixo dourado, quieta na madrugada.
Um suave pássaro do fogo
espera dentro das camadas:
"Quando se é feliz, não é difícil morrer"
para ser um riso do ar no inominável?

REVISÃO DO PARAÍSO

Olhe de novo
tudo é novo
nada tem nome
Ele é Adão
Ela é Eva
algo os consome
esqueça a expulsão
O anjo
da racionalização
com a espada
da nomeação.
Isso é apenas
uma folha da árvore
veja de novo
a serpente ainda
não
nasceu

tudo é o Ovo
os dois estão mortos

o Anjo sou eu.

O ESPELHO

O espelho
é a imitação do silêncio

ANTIDIÁRIO DOS FILMES 2

para Jorge Coli

"The Turn of Screw"
de Jackson Clayton
(Os Inocentes)

As duas crianças
são metáforas
e o horror sutil
que nos invade
é a percepção da presença
da morte real
como a barata
que sai da boca do anjo.
Talvez a alma seja
uma fusão das duas crianças,
com a aparição.
(só saberemos no último dia)
até que ele
chegue estaremos em comunhão
com a governanta.
Reunindo no coração:
Medo
Fascínio
Ternura
e o mistério da solidão.

O ABISMO

é um céu invertido
onde um sol enterrado
espera teu consentimento
para brilhar.

NOMENCLATURA

Um hospital chamado morte
Um cinema chamado sonho
Um encontro chamado partida
Um cemitério vazio
Num lugar chamado vida.

DIÁRIO DAS LEITURAS

Quatro da manhã
lendo
"Se um viajante numa noite de inverno"
comparações inúteis:
Calvino e Pirandello
Os dois parecem querer
alcançar o mesmo propósito
mas Calvino como Cortázar
está mais próximo de um
centro vazio que exclui o leitor
Enquanto a Pirandello só
interessa algo que inclua
e explique sua absurda
e humorística tragédia
e se há um centro
ele nada revela.
Se em Calvino
o centro é tudo e está fora
que somos nós
senão um oco
que o mundo preenche e elabora?

Ao final da leitura intuo que o verdadeiro autor é o leitor.

CARTA PARA ADÍLIA

Pensando em ti que tendo escrito um poema contínuo ou o silêncio que estando sem dormir ou já tendo morrido em sonhos acordados como um rio em alto mar quer dizer em ondas que viajam do nada para o tudo que é como um remédio para uma paixão sem ressurreição no encargo de ter escrito esses poemas como prova de uma fortíssima amizade com o invisível que nos une abolindo num salto as diferenças quânticas entre presença e ausência sendo tudo como luz e água como esses peixes que nadam em nós sabem eles podem bem ser a alma que é só uma mas brinca de esconder com aquele tudo que podendo ser um primeiro de abril dos átomos ou dos anjos contado aos que ainda não são nós que não somos anjos nem gatos e brincamos de poetas poderemos pensar já que Kafka escreveu uma novela onde algo era uma barata todos podem acordar amanhã de sonhos iguais apesar das imagens como algo transformado em criança com olhos de Kafka ou ao menos podem ler com os olhos emprestados dessas crianças que foram não sendo crianças que estão sentadas à direita de um mar estão lá elas conversando com peixinhos sobre estes reinos mais antigos do que a palavra e tudo lá está tão nítido que não percebemos a imensa pequenez da grandeza delas que não precisam estar sendo para ser que são sem os verbos e inclusive podem ser mais do que isso e até mais nós do que nós mesmos do que isso que estamos sendo fora delas do que isso que escreve esta carta para dizer que te ama.

DOSTOIEVSKI E TOLSTOI
Um diálogo

Dostoievski: – A idéia de Deus é o centro irradiador do horror metafísico

Tolstoi: – E a existência do homem é o quê?

Dostoievski: – Tem razão, nesse caso podemos excluir Deus.

Tolstoi: – Podemos excluir a idéia de Deus, mas não a idéia do horror.

Dostoievski: – A sensação da ausência de Deus é mais acessível do que a certeza de sua presença.

Tolstoi: – Ora... Nós somos a ausência onde se inicia a presença como idéia.

Dostoievski: – É melhor acreditar que uma harmonia secreta domina.

Tolstoi: – Isso seria a fonte de um riso infinito entre as estrelas.

Dostoievski: – Maior do que o horror metafísico?

Tolstoi: (após um silêncio enorme que inclui você): – Deus é a fonte de todas essas coisas.

Dostoievski: – E o homem é seu meio.

Tolstoi: – Exatamente, o homem é apenas o meio...

IMAGINANDO O LOUVRE

1.

Sir Joshua Reynolds:
Mister Hare
Ela quer algo
que está fora do quadro?
Os galhos da árvore,
com o vento,
quase tocam suas mãos
como no quadro de Michelangelo Deus toca
as mãos de Adão.

2.

Bartolomé Esteban Murillo :
O jovem mendigo
Como uma foto de Rimbaud
Como se estivesse sendo visto por Burroughs ou Paul Bowles
ou
O 'kid' de Chaplin
nos 'Sete Pilares da sabedoria' de Lawrence.

3.

Rosso Fiorentino:
Pietá
Nos braços abertos
Uma cruz invisível
Dentro do corpo dela
E a que segura
Como que lhe acaricia os seios
Cristo é como um vaso
E os cabelos do que segura
Seu braço esquerdo são as flores.

4.

Georges de Tour
Cristo com São José na oficina de carpintaria
Esse menino como outro qualquer
É Cristo?
Isto 'cristianiza' qualquer criança...
Mas o mistério do quadro está na vela apagada
De onde vem a luz que ilumina o menino?
Ele parece explicar algo sobre o mistério ao velho,
Mas nós não podemos ouvir...

MEDITAÇÃO SOBRE O TEMPO

"Será o tempo percepção, curvatura, duração, deus nele contido?"
Flávio Viegas Amoreira

Ou será o tempo a escritura da luz
No espaço?
A vontade da matéria?
O trânsito destes blocos quânticos entre luz e luz?
E se somos apenas o cobre esse campo?
Enquanto não descobrimos 'o nada'
Nem 'o tudo' que se esconde nisso
Esse cochilo rápido
num ônibus
é como um acessível nirvana cercado
de vazios
(Acordo)
o tempo poderá ser uma condensação dentro 'do vivo'
de um fogo lento e indivisível
tendo como núcleo
um ponto inominável da luz
que atravessando a carne como um som
escapa até outro sol.

FANTASMAGORIZAÇÃO

a vida é esse
teatro fantasma de
notas dissonantes
numa partitura atômica,
onde a matéria é a
energia do silêncio?
Tu estás?

NO LIMBO

Dante: – Você é uma continuidade quando ama.
Sócrates: – De si mesmo ou do outro?

O REAL

Na mente
mera quimera
que o sonho incinera
Como o sol
que amando fagulhas
incendeia campos de trigo.
Assim esse olhar
ao se ver em sonho
também incendeia
campos de certezas.

SEGUNDA CARTA PARA ADÍLIA LOPES

Mesmo que já não fale, o que vale é o que a alma diz e ela me perguntou: você gosta mais de mim ou dos poemas; respondi que gosto tanto dela que no buscador *google* de imagens escrevi seu nome como se o computador fosse um tronco de árvore e com as imagens que apareceram compus o meu pequeno filme sobre o amor chamado *'A tristeza de Stendhal'*
No filme primeiro vemos o olhar de Stendhal depois a terra vista do espaço depois o olhar de Dante depois o seu rosto (o rosto de quem está lendo) depois o planeta Vênus e finalmente uma camélia congelada na Antártida e a voz de uma criança sussurrando como em *O sacrifício de Tarkovski*:
'Se isso somos nós... E essa flor?'
Vemos a flor pegando fogo dentro do gelo e aparece a chave.

PONGE E CELAN: UM DIÁLOGO

para José Maria Arguedas

Ponge: – São como peixes de gelo e lentamente se
transformam em peixes de fogo...
Celan: – Depois são água?
Ponge: – Nunca são água ou quando são a água desejam ser
o ar e queimam de dentro para fora...
Celan: – Eu desejo ser a água...

ROSA NO INFERNO

Nonada barulho das bombas do centésimo comando explodindo o Cristo Redentor, o senhor mire e acerte essas crianças são as hordas clonadas...

PARA RUTH LILLY

Após um gesto que equivale ao canto 1 do Paraíso a leveza
em sua mente fez com que ela tocasse o sol.
E o que são 300 milhões de dólares agora diante dessas asas
de fogo e pó maiores do que as do World Trade Center.

O IMPROVÁVEL

O amor
é o
azul
feito de gelo
flamejante
caindo
sobre nós
em microscópicos
pedaços
que lembram
diamantes.

TUDO

Na ficção ilimitada
Hans Castorp
sentado numa cadeira
de vime dentro de um sonho
de Visconti conversa
com Kafka
sobre Dante.

Kafka: – Este é o 12.º círculo do inferno
esquecido por Deus e pelos demônios.

Dante: – Não é só você, Luchino,
que sonha com isto enquanto alguém lê.

VIVER A VIDA

Entre
o leve paroxismo
e a excruciante concisão.
dormem.
Sartre e Platão
atravessam a rua dois mendigos.
Isso acaba sendo um Cinema
onde esperamos
para ver
"Viver a Vida"
com Jean Seberg e James Dean
num impossível sonho.

PARA GILBERTO MENDES
(Tentando definir o que me ocorre ao ouvir sua música para piano)

Um sentimento oceânico,
Ondas de saudade da humanidade,
uma passagem da outra Odisséia
onde Ulisses está numa gruta e o ciclope pergunta:
"Quem é?"
e ele responde:
"Ninguém, meu nome é ninguém".
Ao ouvir sua música
sinto que qualquer homem pode ser Ulisses
caminhando na praia ao entardecer
Se na gruta de si mesmo ecoa em tudo
a pergunta do ciclope-mundo.
Penso em John Cage (agora) num pássaro
e na religião de Satie, no conto de Attar
que narra a estória de um menino
que quase se afogou
ao enfiar o ouvido no mar
e ao ser indagado respondeu que
"uma vez ouviu numa concha o som do oceano
e ao mergulhar a cabeça na água pretendia ouvir
no oceano o som de uma concha".
Mas é inútil,
nenhuma frase será capaz de traduzir
esse vítreo sentimento vasto,
melhor é passear na orla
enquanto a música relembrada
anda na água.

MORTE E VIDA DO NADA

Sendo um espelho
dentro do tempo
contêm em si
um paradoxo
repleto de lógica inconclusiva,
quase não se pode ver
sua substância
feita de esquecidos sonhos
onde agora
estamos.

A MORTE DE TAKAO KUSUNO

Foi o corpo uma vez mais
se abrindo para outros corpos
na expansão da aurora,
mão que toca
invisíveis campos de flores
como chuva onde uma única
gota sobe
ou silêncio onde
nuvens dançando
desenham um olho.

ONTOLOGIA E SIGNO

Somos como letras
num poema,
da ausência inconcebível do antes
à falsa nulidade do depois
Também somos o sopro
que se move
entre os dois.

BECKETT PARA CRIANÇAS

Aqui havia um espaço em branco e uma vontade estranha
resolveu escrever nele um poema inexplicável chamado tudo.
Ali havia um espaço em negro...
chamado simplesmente de espaço...
Se eu flutuar bem rápido dentro dele dou de cara
com um Deus chamado buraco,
que engole tudo tão rápido que não sobra nem você lendo.

FIM DO FILME

A morte pode ser o teu último e verdadeiro orgasmo
translúcido nos limites do emaranhado da alma
ou o vôo do pássaro da anti-matéria
dentro do branco dos teus olhos.

TITANIC WORLD

Quando tudo for transformado num shopping center
e o próprio ar for etiquetado
quando a água substituir o ouro
e o ouro por sua vez for reduzido a mero asfalto
nessa hora a humanidade quase extinta
sonhará com escombros
e dos bueiros secos irá se erguer um Sócrates-Cristo
armado até os limites do insano.

A MORTE DE ULISSES

A solidão-sonho
como a vaga noção abstrata da razão
permanece depois do fim de tudo
e viaja de um silêncio a outro
como a alma que persegue a consciência na forma
encontrará no corpo seu barco.

Transportando a matéria dos sonhos
na absurda jornada
matéria que cedo ou tarde
no canto das sereias se dissolve
enquanto no espaço a pergunta flutua:
ignorando o olho do Ciclope na Lua
me amarro ao mastro-sono para acordar
depois no milagroso *anti-sonho do mar-tudo.*

PERTO DO CENTRO

para Ademir Demarchi
& Donizete Galvão.

Centro que não se move mais em nenhum tempo
digo que é inútil atravessá-lo e saber que em seu núcleo
tantos eus giram em volta
dessa mandala do nada
alimentada por motores de anti-luz
que invadindo a vida assusta até as flores
que se abrem lentas no asfalto
num silencioso grito maior que o de Munch
como essas flores também se abre a pele
quando pressionada por projéteis que dançando na gravidade
da morte
anularam o movimento da menina de oito anos e meio
que passeava perto do centro.

O IMPÉRIO

Algumas palavras podem ser um incêndio da alma
outras nada
no fim uma escuridão dourada também voa
quando o fogo do silêncio tudo apaga.

Outras em febre se divorciam das coisas nomeadas
e são as mais raras.

Outras se tornam centelhas ocas mortas no dicionário
outras centelhas vivas nas lápides.

DA VELOCIDADE

Anulados
eles entrarão nus nos carros
e os carros serão como nuvens

NO ESPELHO

para Sérgio Sampaio
& Arnaldo Batista

Antes colado a um agora
devorado na carne
por esse lento cardume
de piranhas invisíveis
guiado pelos ponteiros
a isso chamar:
vida?

Sem som e sem fúria
na estrada das horas
onde o azul das horas
o dourado das horas?

Na morte
se convertendo em transparência sem tempo

Onde vidas raras foram
mortes vivas
(e nós o que somos?)

Mãos de água na chuva
ou peixes de gelo
dentro do sol?

JOÃO CABRAL LENDO ORIDES FONTELA

Da teia de Orides falo
de dentro da noite que a precede
ao seu contrário
penetrando lentamente na teia
procurando como um personagem de Pirandello
um autor como Dante
que apareceu a seus filhos
como o pai de Hamlet
Logo surgirá em ti
essa mesma imagem imperfeita e incompleta do indizível
e ao levantar da cama
vindo do interior onírico
rodeada de silêncios e metáforas.

Movida por um misterioso e conhecido impulso
pensará na fé de Musil e escreverá o silêncio.

ENIGMA

Na parede
uma foto de Drummond
parece sorrir do fundo de claras trevas, ele
cercado de livros que se apóiam uns nos outros
como tijolos de inomináveis ausências.
(Motores da máquina da poesia)
Oscila entre o *ser* e o *nada*
nos intervalos
desse jogo.

CONCLUSÃO

Sonhar, acordar e sair
abraçar e beijar,
ler e pensar
mover as mandíbulas e articular
palavras
e outras tantas coisas que se convertem
em solidão e crescem
até alcançar sem conclusão
o espaço oceânico da morte
onde algo espera.

NA MORTE

Na morte
o núcleo do silêncio
onde logo estaremos
uma vez dentro
sim é não
e não é nada
os de fora dizem
morremos
não podem ouvir nossa voz
num sussurro dizendo
tudo está em nós.

MACEDÔNIO FERNANDES
NO CONGRESSO ETÉREO

Quatro da manhã
lendo
'Se um viajante numa noite de inverno'
Algo deveria
estar mais próximo de um centro
que exclui o leitor
de sua absurda e humorística tragédia
onde há outro centro vazio
que nada revela
se nesse livro
esse centro é tudo
e está fora
o silêncio
me diz que somos nós os falsos sentidos
que o mundo elabora.
Mas as palavras parecem estar sempre contra
me diz o cotidiano que ri como Puck
e lamenta como Lear
enquanto o sentido oculto das frases,
apenas lê e se cala.

PEQUENAS NOTAS SOBRE 'COM A ÁGUIA' DE PAUL KLEE (À MANEIRA DE BENN)

Sendo as duas coisas
Nuvem brinca
com pedacinho de treva
que se solta
a águia pousa no escuro arco-íris
que já foi noite
luz ouro envolve mundo, em volta ninguém
cachoeira verte sangue vinho de alguém...
no centro de tudo
abre-se olho-Éden
e dentro, mais que humano
vulto
vem....

O GESTO

Kawabata:
por beleza e tristeza.
Mishima:
num grito de Sol e Aço.
Akutagawa:
apenas cansaço.

Hemingway:
caçou um leão por dentro.
Pavese:
vidro moído
no centro do pensamento.
Vladimir:
dentro dos olhos
uma chuva de granizo.

Lendo 'Ariel'
traduzido por Ana
percebo o gesto
nas entrelinhas

destroçado pela insuportável beleza
da vida convertida em idéia terrível...
Nós somos Ofélias num mundo-Hamlet?

CIORAN PARA CRIANÇAS

O sol
é o fantasma
do sol

e o amor
que nasce
na imaginação
da morte
é o sono
da razão
ao nosso
alcance.

NA NÉVOA COM NUNO RAMOS

Dialogar com o enigma da matéria
pressentir no invisível
essa artéria
de onde querem falar em sua própria língua
vidro breu cor pedra

entre as obras
ser transparente

Enquanto
olhos
cometas moles em crateras
vivas
cumprem sua trajetória *semi-cega.*

A CORRUPÇÃO DE TUDO

Se revelará nos pequenos gestos
que se repetem numa mecânica frenética
ou divina (segundo alguns)
que num esforço misterioso e gratuito
a natureza transforma em vida.

OS PRAZERES E OS DIAS

para Jamil Snege

Com você
na névoa dos sentidos
atravessada
por um raio de sol
que toca
o copo d'água da mente
que reflete em seu fundo
um olhar como o seu
onde sorria a essência de Hesíodo
ou outro raro
onde paisagens e música
se encontravam no tempo
estranha fusão de enigma, memória e rutilância
Depois com a morte
enigma e música como
olhar e água
se separam
cessam os dias pensados-falados
mas
na escritura
os prazeres relembrados
voltam
como um misterioso raio.

O APOCALIPSE

para Hans Magnus Enzensberger

(Tarde)

Nosso corpo de névoa acorda a
manhã
dentro dele

o pássaro morto
no fundo do oceano
acende um cigarro

(Interior)

Uma
árvore azul
reina sobre as águas enquanto
o vento
dança
o homem existe
sorri como em Paolo Ucello

a noite folheia o livro de areia
no sonho
a alma
espera
na secreta esfera
(Manhã, outra)

É ela
cantando
dentro do sol

a baleia
transparente
como o esqueleto do anjo
ossos de névoa
flutuam
sobre bosques de veludo
atravessados por essa
luz

(Crepúsculo)

Me digam
quimeras
onde conseguirei
o livro da *verdadeira* vida?

(Madrugada)

no cenário em construção
alguém bate à porta
um querubim diz sim
Adão diz não

(Morte)
Eis o sol do silêncio

para a floresta
das vozes

dentro do
círculo azul

não há noite
nem dia
o céu desce
à terra vazia

no jardim
uma só alma
espera os esquecidos corpos
dentro da árvore
o eterno fala
nada mais o cobre

Adão sobe.

IV

ESSE INVISÍVEL FANTASMA

1.

CARTA PARA A MORTE

Camões: A vala onde morto estava, o quarto onde encontraram o cadáver de João Antônio, o sapato que Artaud segurava, a cama molhada de suor do último sono de Caio, no paletó de Lorca a flor intacta, o prato vazio que caiu das mãos de Mandelstam, os círculos na água de Celan, momentos da sua estilística abstrata ofuscada por esses misteriosos lampejos precários, ainda assim te digo... Se fruto da identidade é assassinado pelo tempo o fantasma da essência se vinga caminhando na fraca luz das capas.

2.

A ALMA, A MORTE E A PAISAGEM

Que sentido há em querer vestir esses esqueletos feitos de paixão em pó que se afogam na névoa com facilidade para encurtar os abismos... Nenhuma lógica pode explicar o eterno retorno do fantasma das manhãs e de todas as outras invisíveis formas mortas em volta de uma idéia que não se abrirá para você como esse delicado grito das nuvens.

3.

MULHOLAND DRIVE

Grandes sensações se dissolvem quando o tempo era uma água imóvel e irreal como o passado ou a invenção da investigação de um sonho onde a fusão das identidades não resolve o mistério incendiado da paixão que foge para o sono ou do amor que foge para o mesmo sonho. Que importa se acordamos no hoje dos suicidas ou no ontem dos assassinos e nos levantamos dentro de um 'Lázarus dream' na estrada do abstrato.

4.

A VIDA

Então é isso... Nós somos os anjos afogados como esse veludo invisível ou nuvens de sangue onde vomitamos algemas iguais ao DNA... Ela era uma nuvem de sangue de veludo, disse a Terra, ali os animaizinhos loucos brincavam com o tempo como observaram os olhinhos brilhantes de Erasmo, com seus brancos e angélicos esqueletos presos no fundo de muitas camadas de carne da memória que apenas abre buraquinhos de agulha por onde *isso* escapa... o *isso* da nossa fome de sono e esquecimento... É isso, estamos condenados ao êxtase da neutralidade ou o da lucidez com instantes-clareiras para ler as miragens durante o sono... Estamos dentro de um açougue chamado corpo, de um aquário chamado mesa ou cérebro, tocando a música do ar nas árvores através de um copo sentado numa cadeira até alcançar o osso do oceano em nossa mente que se liberta como uma lâmpada em volta de uma mariposa morta da imitação das formas e da desilusão do inexistente enquanto sóis apagados nos cemitérios acordam ilhas através de um terreno baldio que foi apenas um falso jardim com o cd de silêncio tocando no máximo... É apenas isso:
os cadáveres concretos ouvindo os cães de água... Esta será a senha para a visão do mar queimando as nuvens.

5.

A INVISIBILIDADE
(Morte dentro dos nomes)

"Sobre o crânio da raça humana o amor faz seu ninho"
Charles Baudelaire

A Avenida é uma chuva horizontal de crânios embrulhados em violentas pétalas de carne
cada embrulho é um segredo com florestas esquecidas transitando como poeira entre um e outro pensamento
(Sussurrava Fernando Pessoa na Praça olhando para as filas aleatórias que atravessavam a rua).
Um crânio armazenando o tempo para uso exclusivo do tempo... O que não significa *nada*. Ele gritava para os carros: Ó infernais explosões de carnes mortas embrulhadas em perguntas. Pessoa era só mais um que gritava nas esquinas, a alguns metros dele gritavam também Ésquilo, Blake e Murilo Mendes e do outro lado da rua um cansado Edgar Alan Poe quase sem voz dividia um maço de cigarros *Sucesso* com Luís de Camões. Era quase impossível reconhecê-los e com certeza até o fim dos tempos estariam todos novamente mortos.

6.

KAFKA PARA ADOLESCENTES

Sendo agora uma formiga distraída este incomensurável sopro me arremessa até o abismo do ar e desapareço do meu raio de visão como a idéia da alma no instante da morte enquanto flutuo lentamente caindo em tudo através de cada milímetro humano infinito como antigos instantes da infância relembrados inclusive como o primeiro chamado em sonhos de *sopro*, que embora não tão eficiente como esse que arrasta o homem-inseto pensante ainda assim a esse pode ser comparado em sua selvageria doce e indiferente fugacidade.

7.

HEIDEGGER CONVERSA COM DRUMMOND

Heidegger: – Os acontecimentos não me entediam tão completamente quanto o espaço onde o vazio se transfigura nesse sobrenatural banalizado dissolvido pelo enigma da ausência sempre intangível e nunca imanente...
Drummond: – E o que nos nega na paisagem não seria capaz de nos elevar para fora do temporal?
Heidegger: – Não, só o silêncio teria esse poder... Mas ele não existe.

8.

AQUI

A volúpia de ser invisível é como esse torpor ouvindo 'Meu nome é ninguém' no crepúsculo de Cubatão. (O menino de nove anos que nunca pisou na zona industrial internado com leucemia). Depois ficamos sabendo que o ar era o Stalker. No hay graça nonada? Então vamos para Santos, *o cão-mendigo-criança* atravessando a praia do Gonzaga invisível como o Deus dentro do vento destroçado onde o fantasma do oxigênio dança com a morte no andar do tempo e as irradiações do sonho e as do sol constroem essa prisão que Hegel (Um pássaro morto) ou Wittgenstein (uma orquídea seca) chamaram de certeza do improvável (O nosso único trunfo) Contra o fracasso antecipado do exército das musas, enquanto na esquina o gênio do niilismo se levanta numa nuvem de maconha transgênica logo ali onde outro zumbi adolescente vomita as asas na música dos gritos e o absurdo do início e do final são a mesma picaretagem do invisível.

9.

A ÁRVORE

Escrever sem saber deve ser a essência vegetal desta liturgia
(mas o fruto desse vazio é a luz do corpo)
Para onde vai a merda etérea e rutilante do desejo e todas as outras dimensões do mistério...
Um distúrbio secreto como o vento apenas toca levemente essa árvore do silêncio.

V

AUTOBIOGRAFIA TOTAL & outros poemas

1.

O ERRO LÚCIDO

Coleciono fracassos cênicos devido à impossibilidade de destruir o teatro ou seja a humanidade e é essa impossibilidade que nos salvará do abismo oceânico do niilismo...Eu disse *nos salvará*?

Me inclua fora dessa...Adoro nadar nesse abismo...Aprendi isso fazendo uma leitura equivocada do Mishima & Do Céline... Eu disse *equivocada*?

2.

AUTOBIOGRAFIA TOTAL

Jamais conseguimos aceitar "O que é"
como *Ontem*...
Ou *O que foi*
como *Agora*...
Por exemplo : O que há de absurdo e assustador em
O tempo consumindo o próprio tempo?
O invisível como um espelho onde escreveremos 'A vida
como ela jamais será'?
A única utopia possível de uma estóica aristocracia interior
reciclando lixo em uma biblioteca
pobre como um cemitério?

3.

A RESPOSTA

Clones da imagem no espelho... Não sentimos ternura por
lacraias devoradas por lagartixas...
(Modifiquem para: Não sentiremos ternura por mendigos
adolescentes fuzilados por seguranças dos Jardins ou
Higienópolis)
Tocaremos um Allegro-Lexotam para tudo...
A poesia não mudará o mundo (Ver SHAKESPEARE)
por isso posso escrever:
LOGO NÃO SERÁ MAIS A TERRA !
Para um hipotético eu-cover não no espelho
mas em um futuro que não poderá culpar os poemas
pelo fracasso dos diques contra o anti-amor...
(Seria o mesmo que culpar o fracasso da carreira artística de
Hitler pelo suicídio de Primo Levi)
É melhor acabarmos como um falso conto dos Irmãos Grimm:
"Houve um dia um governador de um país distante que
ordenou a extinção dos cemitérios... Construam maternidades
no lugar destes espaços inúteis... ele havia dito... Mas o
governador morreu logo depois de proferir essa sentença e foi
enterrado no cemitério geral, sua ordem contradizia os fatos e
por isso jamais foi cumprida. O que pode um poema contra
os fatos?"
Pensando nisto o nosso clone-fantasma sorri enquanto nos
olha, como se soubesse a resposta...

4.

O FANTASMA INVISÍVEL

Olhando para baixo, antes de pular do centésimo andar, diz:
– É um anjo afogado?
A morte disse:
– Não. É o fantasma da humanidade...
– Parece um pássaro dentro de um peixe dentro de um cão dentro de uma árvore.
A morte fala:
– Você é o primeiro que não compara com formigas... Chega vou desligar o celular, a alma está gasta.
Ele pula e no meio da queda ouve a morte gritar:
– O cachorro-atropelado é um brinde... Vem com asas-de-merda para você brincar dentro.

5.

LOGO NÃO SERÁ MAIS A TERRA

Os miseráveis precisam da holograna
para sobreviver...

Os ricos armazenam
a holograna
em grandes quantidades...

Cidades? No fundo
só existem
essas duas...

Uma se chama 'Todos os corpos'
e esta é
'Todos os silêncios'.
Depois de mortos vamos para lá...

O céu é esse buraco aí. Ilógico. É apenas uma metáfora do
Sol ou dessa luz,
que por sinal é só uma precária
materialização do silêncio.
O fato é que ela sai
do olho,
é o olho quem incendeia o Sol e depois se apaga
dentro da trágica névoa
da morte.

6.

AUTO DE FÉ

....Que essa carta tenha um endereço certo, no meio de um império enevoado de vagueza e indefinição? Escrever com um endereço! Como observou meu amigo Marcelo Chagas...Só isso parece fazer algum sentido dentro do açougue literário...Por isso sonhei que era um urso polar que vomitava borboletas...Gostaria de estar aí do outro lado lendo como você lê , mas eu não saberia prolongar esse esboço de um movimento secreto do afeto para além do simbólico, tentando se materializar como algo real e talvez anterior a nossa presença cada vez mais anulada pela nomeação. Algo. Um diamante mais antigo e autêntico do que a idéia do eu, que embora não possa escapar da armadilha dos catálogos, ainda é capaz de reconhecer a alma ou seja a terrível gratuidade da beleza quando ela desce como música incancelável...

7.

AURORAS ROUBADAS

Ah, nosso estranho hábito de "fumar o tempo"
e depois jogar a fumaça
nas coisas através do olhar. No meu caso um olhar "escrito
dentro do seu", subindo após o sono para a efêmera poesia
dos mortos...Para que tentar fugir do círculo da sede e da
fome ?...É claro que isso é um pressentimento sonhado da
realidade, me diz Bonnefoy dentro de uma pedra qualquer. A
realidade aqui é um lugar-de-todos-os-lugares que explodirá
junto com as outras esferas do jamais. Em volta de todos
estes círculos viajávamos de um dia para o outro em busca do
pressentimento de uma presença...

8.

AURORAS ROUBADAS 2

Investigando a existência de uma voz que é audível *internamente* sendo uma água como o tempo, podemos abrir essa porta com a mão morta das parcas ou iniciar a irradiação invertida da razão nas enormes ressonâncias escondidas nos fatos e em outros pontos luminosos ocos que se vestem de pergunta e nomes fora da aura enevoada das canções.

9.

O EVANGELHO

Seja absolutamente diferente de mim e do que penso que você deveria ser, para que eu possa me abrir para o outro que você é, não como um animal fantasmagórico no espelho dos distanciamentos. Não como um outro eu clonado para *as afinidades do ajuntamento irônico*, mas para a significativa visão paradoxal do início de uma emancipação, longe dos domínios da *coisificação-blindagem do eu*. Me abrir para o encontro de uma autêntica filia onde predominem a espontaneidade, a leveza e a lentidão para essa alteridade. O amor como um valor laico e afeto como uma instância do atemporal, como um poema do irreconhecido fundado no desejo do *impossível.*

10.

O EMBATE

A pureza é dissolvida pela força da realidade?
Mesmo que ela se alimente da fé?
A força da pureza é maior que a força do tempo.
Jamais poderemos saber se isto é verdade por causa do seqüestro da nossa vida interior promovido pelo próprio tempo. Sempre que mergulharmos fundo o bastante nesse abismo, poderemos sentir os efeitos da luta da realidade contra a pureza gerando em nós a semente da loucura.

11.

O TEMPO

O tempo é o poema que embala os mortos?
O espaço é o tempo que sonha com os vivos?
O que é o Sagrado?
Um ponto de ônibus, uma folha-seca, um copo d'água
no fundo do oceano?
Um pedaço da minha unha cortada já é uma antecipação
do meu cadáver fragmentado?

12.

CANÇÃO DO SONHO

O amor é o silêncio
sonhando,
um silêncio tocando
o corpo
de outro silêncio.
Um peixe engolindo um pássaro voando...
No fundo do oceano, dorme o amor
É a *impossibilidade*
banal que faz
do eterno uma verdade
comum.
Jamais foi delicado ou natural, é anti-lírico...
Morre apenas quando mata...
Nunca foi democrata,
Melhora o egoísmo?
Canta no fundo de um abismo,
Justifica o suicídio e a solidão,
começa na imaginação
do desejo.
Não têm solução...
O amor...
Não.

13.

A POSSIBILIDADE ?

A vida pode ser vivida como um teatro dentro de um labirinto onde a energia difícil e difusa do que somos apenas através do outro e para o outro... essa energia perdida do si mesmo é a única coisa capaz de construir pontes sobre o abismo dos gestos e das palavras e iluminar um pouco o percurso dentro desse labirinto no escuro.

14.

NADIFICAÇÃO

Depois de procurar em vão por indícios da alma no lixão geral do interior. O melhor a fazer é abandonar tudo, e ir morar ali na esquina... Há exatos dez mil anos luz da redação da revista das hipóteses... Lá ao menos farei companhia ao Salomão..ouvi dizer que ele era o guia de um famoso filósofo uspiano cego, o Bento Prado Jr. Agora ele fica o dia todo olhando para o céu e latindo. Apesar disso, ele me parece mais humano do que eu e todos os Bentos, incluindo o Papa. Vou levar apenas algumas garrafas de vinho Periquita, a roupa do corpo, alguns livros, não posso me esquecer daquele exemplar do Hamlet com um buraco de bala. Ah, preciso abandonar também meu antigo nome, rasgar todos os documentos, quero ser apenas uma coisa. Meu nome, Meu novo nome... será Você. Pronto. Você está pronto para o grande salto quântico. Nada irá te alcançar, nenhum governo, nenhum olhar-catálogo. Você ficará parado ali lendo o A mulher, o homem e o cão do Nicodemos Sena. Será um Você invisível como o vento, os mortos e a alma. Ali parado no meio da aldeia abandonada na companhia de um cão e de um índio-velho.

15.

CONFISSÕES

Falo na condição de habitante do limbo dos homens-marca, do sub-Hades da obscuridade, que é o lugar autêntico onde a vida *realmente acontece*... Em mim a feitiçaria da linguagem foi anulada pelo movimento sem sentido dos ex-seres, dos seres-sem-rosto, dos seres-coisa (Por exemplo: Um ser-coisa do sexo feminino desenha um mandala em alguns pontos da geografia da cidade-terreno-baldio onde moro, cagando nas esquinas, é uma espécie de assinatura-acupuntura ou grito exatamente como a literatura). Enquanto habitante da obscuridade. Da obscuridade que limpa sinto que a literatura no mundo de hoje equivale a um homem-bomba num campo minado e a poesia, uma coisa destroçada e sem-porquê como a rosa de Silesius equivale a presença da névoa no meio da neblina. É o triunfo do efêmero. Palavras como Deus, eleição, amor, país e outras se tornam apenas camadas cada vez mais densas de opaciamento. Para mim só os sentimentos sem nome. A vastidão dos sentimentos e sensações sem nome me fazem seguir em frente em direção a um buraco-negro que por sua vez vem ao meu encontro como se fosse uma resposta.
O tipo de literatura que hoje encontra eco nos leitores é um nivelamento. Uma imitação das formas-mortas do mundo das marcas-literárias. É um lugar onde a autenticidade e o conteúdo são simulados. O que significa publicar um livro num cenário arrasado como esse?
Acender um fósforo molhado.

16.

O QUADRO

O fato é que estou narrando a partir de ontem, sempre no ontem, porque aqui a nadificação elide o tempo... Fiquem à vontade para tentar alterar "o passado"... Para mergulhar na impossibilidade como se fossem fantasmas tomando um banho de piscina no quadro do Hockney... *A Bigger Splash. Aqui* onde o 'Como se fossem', é igual a um 'Fodam-se'... É claro que também me refiro à essa piscina vermelha. Essa que aparece quando olhamos para o Sol de olhos fechados...Para sermos humilhados pela falsa eternidade...Nós e o oceano, que também movimenta suas pálpebras em direção ao irremediável.

17.

DIÁLOGOS COM MEU CLONE-FANTASMA

Marcelo Ariel: – Não há nenhuma palavra no tal jardim da alma...Nenhum sentido na queda dos anjos ou das canções...Tanto faz folhear o catálogo dos mortos ou o dos discos jamais relançados?

Emanuel Ors: – Sem o velo de ouro, navegando como o Bateau Ivre por esse mar de merda, ilusão e obscuridade...

Marcelo Ariel: – Ao menos a obscuridade é um bom produto de limpeza.

Emanuel Ors: – Pode até ser, mas jamais será eficaz como o sono-geral...

Marcelo Ariel: – Você quer dizer, o sono-propriamente-dito, esse que nos prepara para a extinção particular...

Emanuel Ors: – Não...Me refiro ao sono-geral, mesmo.Esse que nos mantêm presos à farsa da sanidade mental e a outras farsas aí nas vitrines...

Marcelo Ariel: – Ah...Você esta falando do shopping-abismo...Do museu dos vivos ou seja da multidão lá fora..Da opinião pública...essas porras?

Emanuel Ors: – É isso aí...O nazismo-light

(...)

Marcelo Ariel: – É, tanto faz olhar para uma vitrine ou para uma lápide...

Emanuel Ors: – Acho que não, a vitrine ao menos serve como espelho...

Marcelo Ariel: – Que merda...Eles, os empresários da morte, precisam mandar colocar espelhos nas lápides... Com urgência...

Emanuel Ors: – É, e vitrines dentro dos túmulos...

Marcelo Ariel: – Câmeras transmitindo a decomposição ao vivo...

18.

A INDESEJADA

Por dentro ela ainda é o suicídio dos fantasmas e depois apenas um micro-assassinato hiper-lento patrocinado pelo oxigênio, a luz e etc... E depois disso a inexorável burocracia quântica e depois dela o triunfo da nadificação e depois a vitória da impossibilidade ou do "bandido em estado puro" como disse Cioran... O bandido em estado puro fecundando o óvulo ou para ser mais preciso mais de duzentos milhões de cadáveres-à-vista trocados por um único a prazo...

19.

AUTOBIOGRAFIA TOTAL 2

hoje
na incompleta manhã
“abrimos os olhos”
e é como se o mundo
fosse um fantasma sólido
que “por fora” e num instante
imitasse o sino imóvel
do sonho,
imóvel apenas quando acordamos
para a fúria solar
que é a gênese incompleta
da inquietude de olhar.

20.

SALMO A KORÉ

para Dora Ferreira da Silva

Ó divina emanação
lendo os poemas do mundo,
como extrair da brutalidade dos fatos
esse diagrama do futuro
onde se abre
aquela flor central
que é a essência do real ?
Ó doce e secreto canto do destino unindo os opostos,
como chegar a experiência de dizer *o outro*
através da tua transparência ?
como reconstruir com palavras e sangue o teu jardim ?
como escutar a visão das coisas
que unem em si interioridade e contemplação
e despertar a graciosa força que nasce desta fusão?

21.

CARTA A RIMBAUD

Caro Sr. A.R.:

Percebo com clareza porque o Sr. parou de escrever e trocou o açougue metafísico da literatura pelo tráfico de armas e o comércio de putas na África ou seja por DINHEIRO. Duvido que tenham compreendido o significado dos seus raivosos hieróglifos... Sim, *hieróglifos...* Agora eu olho para os céus e sei que ela está morta... Hoje só alguns babacas ainda se intitulam poetas, eu como Sr. desejo profundamente destruí-la ou fazer outra coisa... talvez, reduzi-la a cinzas e fumaça *oceânica...Quem sabe, a* fumaça oceânica do humano sonhada por Kant em seu leito de morte... Às vezes tenho furiosos ataques de poesia, confesso que a claridade não é suficiente para me proteger dela. Nestes instantes abstratos tenho a impressão de que apenas o ridículo espírito existe, como se o mundo inteiro existisse apenas em minha imaginação e não houvesse nada além do eterno e maldito demônio do *si-mesmo,* caindo neste abismo de loucura desenfreada onde o único Deus é o Dinheiro.
As coisas aqui *em essência* continuam as mesmas... A vitória do caos e das imensas zonas de nada que tentamos contornar, com estudos cênicos... Mas o Caos não é um teatro...Embora o horror seja apenas um cenário a ser destruído com muita calma pelo tempo... *Esse dilúvio de infinitos...*

22.

FALSA ONTOLOGIA CÍNICA DO POEMA

"Mas a intuição metafísica, embora só possamos chegar a ela pela força dos conhecimentos materiais, é coisa totalmente diferente de um resumo ou de uma síntese de conhecimentos" - Henri Bergson

Dar um sentido
'místico' ou 'teológico'
à palavra
não fará de um poema um poema;
as considerações de Carlos em sua *rosa*
não ajudam a tornar este campo nítido,
são uma tentativa fracassada
de adestrar a névoa emocional,
também não ajuda muito rastrear o não-poema
ou o eu anti-lírico através de um inventário
da nossa *misere* cotidiana
e de sua burocracia vital
que jamais se desintegra
com seu poder de adensar a névoa;
algumas palavras e idéias
surgem como sonhos
em brechas e zonas intocadas
da vida,
uma inusitada música rompe
a aura de silêncio das coisas

e é como se houvesse a sensação da presença
de uma mente exterior pensando através dos poemas,
às vezes essa música se perde
entre o pensamento e a expressão
quando a energia que alimenta estas duas luminescências
não provêm das coisas,
então, o que temos é um poema entre aspas
que serve apenas para ilustrar
uma vida entre aspas?
mas no *mistério do jardim* há algo
melhor do que uma resposta.

VI

ME ENTERREM COM A MINHA AR 15
SCHERZO-RAJADA 2
(Nova versão com inéditos)

1.
Como consertar uma hierofania ?

Concordo com Jean Cocteau : "Viver é uma queda horizontal" e tudo inclusive você é um delírio das partículas dentro do coração do invisível..Se a propaganda-fantasma do cigarro Marlboro ecoasse um : 'Venha para o mundo de Rimbaud' seria apenas mais uma falsa ressonância desse tudo ..Que no futuro (Alegoria do nada multiplicada através do mito do espaço sem tempo..) será como o recém-descoberto Canto 101 da Comédia onde Beatriz e os anjos são desintegrados pelo orvalho e um Dante qualquer acorda num bosque escuro como o quarto onde você acende a luz outra vez..

Quando ele(eu ?) estiver morto minha mente estará onde estou agora (Ela) microenigma de milhões de nós de fumaça..Quando ela finalmente estiver onde estou (eu) não estarei mais aqui..*Meus braços serão livres como asas dentro do raio de uma bomba que inclui em seu círculo todos os universos que fui.*.Mas é sempre bom lembrar que as asas prendem o pássaro ao vôo..do tempo..

2.
Queimar a nuvem :

Para Floriano Martins & Kristine Drummond

Cara Ana C.

Inútil o tempo gasto em reduzir o vivido (O essencial dele, inclusive) a uma ética para fantasmas que se renovam através da estratificação de falsos êxtases projetados no fracasso de um pacto com a palavra que de modo algum excluia o nada da lucidez e que a qualquer instante se revelava uma gestão onírica de tensões e silêncios insuportáveis e sem nenhuma isenção, que se materializavam sempre como afastamento, opacidade, suspenção ou adiamento do que poderia SIM ter sido a raiz quadrada do maravilhoso apesar do EU que esteve sempre num mundo-fantasma (VER o triunfo de Celan, Eliot Smith e etc). Que foi apenas um mínimo modo de sair de si através do pesadelo da cobra mordendo o próprio rabo para tornar igual o dentro e o fora e fazer do invisível mais do sua outra parte: ***o vôo-futuro-fogo*** para a nuvem de auto-enganos de quem fica... Me diga uma coisa isso ao menos te deu a volúpia antecipada do torpor da invisibilidade e do inexistido?

3.
Para Mariana Ianelli :

Antes de tudo será a saudade
O corpo desse vento noturno
que sentimos dentro da mão
Será possível encontrar o amor através deste silêncio?
Era esse o enigma que sondava os quadros?
Haverá o apocalipse dessa palavra
lentamente devorando e dissolvendo todas as outras
até ser ela mesma devorada e dissolvida

pois ela é só mais um casulo do invisível.
que se esconde na medula do visível...
Onde a possibilidade de ser
fora de todas as palavras
nos tornará imunes à aniquilação da Alma?
Desse instante aberto para fora da nossa presença
Disto que chamávamos de vento, amor, silêncio...
Que será apenas um silencioso esqueleto
com a marca do nosso esquecido olhar.

4.
Me enterrem com a minha AR 15

A rajada volta a soar
como a onda da vida
Fica frio..É só mais um número-fantasma na área...
O urubu no esqueleto do leão
escapando da arena...
Quem atira é o pseudo-morto, meu irmão...
Maluco..Acabou a munição...Foda-se continuo atirando...
Para cima...Beleza..é só isso...a fumaça
que sai do cano e sobe até as nuvens...
Exú me guia no vermelho dessa mira
Laser no meu peito...Tá ligado..na seqüência..O
coração..explode...
e estou livre da boca
que se abre pro mar...
Quer saber...Morrer não dói...
primeiro o tempo fica bem devagar...Tipo sonhando..
Aí vem um clarão...Você vê o Morro por todos os lados...
E então...

5.
Um olhar dentro do outro

Para Ingrid Nirve

**Imagino esse olhar como uma canção
que os pássaros ouvem quando
atravessam um quase-arco-íris
dentro da chuva...
(Quando ela, bem fininha, sussurra
uma última lembrança do sonho com o mar)
Imagino no seu olhar algo que desconhece
esta distância, que sonhamos
dentro da incompletude "de acordar"...
Imagino esse mesmo gesto incompreensível da luz
saindo dos seus olhos
como ternura absoluta,
Como um quase-amor dentro da morte
da loucura...
(Quando ela fica transparente e canta...Por exemplo no
Morro dos ventos uivantes)
Imagino seu olhar dentro do olhar de Emily tocando
Bach às quatro da manhã...
Assim pude sentir num prodígio da mente
o que jamais vi...
Um olhar dentro do outro
morrendo através do infinito
e através do eterno
quase-se-vendo apagar...
Ó, doces olhares perdidos
como o nosso
aqui apenas evocados,**

por um mundo que jamais esteve
do outro lado...

6.
Carta para Lívia

Espero que esta encontre seus olhos serenos, alegres e por que não dizer..felizes..como os de Bertha Young em 'BLISS' de K. Mansfield.. (Já entrou neste conto? Há uma bela tradução de Ana C. chamada ÊXTASE) ***...Corrigindo..E por que não dizer..Olhos em êxtase..um quase imperceptível êxtase..como agora ..outro agora e mais um..até que não estejamos mais aqui..Bem Lívia..*****Antes do abraço invisível da distância que é o verdadeiro motivo de tudo..de todas as letras..e até do suicídio do alfabeto..enfim reorganizado neste silencioso exército de sentidos..inclusive..ocultos..Segue o que imagino ser o princípio de um roteiro para um filme chamado :**

JUEGOS & AURORAS

Que narra um encontro entre Cortázar, Coltrane, Miles Davis e Juan Carlos Onetti ...

Abertura : vemos um gato dormindo sobre uma enorme fotografia de um rato (Visão de cima..a cãmera se aproxima lentamente até o momento do súbito despertar do gato..que se espreguiça..este momento é congelado..para a parição do título do filme..JUEGOS & AURORAS)

Corta para Cortázar de costas observando uma enorme foto de Che Guevara..Cortázar pega uma caneta e escreve no rosto de Che a palavra ABRACADABRA..Olha para trás (Para a câmera e sorri)
A cena continua desfocada..entra Juan Carlos Onetti e diz para Cortázar :

Juan: – Merda..A palavra é essa..Acabo de quebrar um espelho com um soco...

Te enviarei o restante pelo correio..apenas você Lívia..saberá como isto acaba..

(Tive essa absurda idéia..tão absurda quanto a de viver e depois escrever e não simplesmente viver..quando encontrei seu nome dentro de uma palavra no início do conto citado..)

7.
Arcângelo Ianelli

Atravessa o que dorme
dentro da cor..
Flor..
Se abrindo para sempre
como a verdade de uma pedra
que a luz desenha entoando apenas
uma pequena parte do Salmo do visível,
para que outros olhos possam

sentir no mundo,
a beleza das metades
invisíveis
que se unem
na brandura do silêncio.

8.
Crônica

Para Carlos D.

, exatamente isso..algo que uma convenção milenar de vermes, insetos e outros embaixadores da Dona Morte tenta , com sucesso reduzir a uma espécie de esquecimento geral feito de pó de ossos e terra..Alguém já pensou com ternura no próprio esqueleto amontoado em uma ossada ?
..Shakespeare..talvez...Eu estava pensando em Plutão, o planeta rebaixado...ok..sei que já é matéria fria..a maioria dos jornais e blogs não o considera mais como algo a ser mencionado.. mais uma vez e tal...mas esta é minha primeira maldita crônica e acabo de me perder no assunto...ah..eu estava em Plutão..me permitam um exercício de imaginação.. Se amanhã ou dez ou vinte anos no futuro..uma outra convenção de cientistas declarar que o universo nunca existiu e rebaixar a vida humana a uma alucinação coletiva..Que diferença fará? Nada mudará por exemplo, na vida do Seu Zé da Padaria...e ela me parece uma vida sem nenhuma metafísica..como a daquele Alvez do poema do Álvaro de Campos...que alguns chamam de Fernando Pessoa...Seja como for..não fará nenhuma diferença para um morto ou

para um planeta o modo como o classificamos na enciclopédia ou no cemitério...Que importa o nome de uma coisa para essa coisa principalmente quando ela está a anos-luz de distância...seja ela o Seu Zé, um planeta ou um poeta português com uma loucura mais organizada do que a nossa? Pensando melhor.. há uma diferença..o Seu Zé está parado na minha frente..de pé do outro lado do Balcão, o poeta está enterrado em Portugal e o Planeta na absurda escuridão do espaço cósmico...Agora..pensando no Seu Zé..deixei escapar isso :
" Seu Zé...Eu queria que os jornais amanhã estampassem na primeira página...CIENTISTAS ALERTAM : O SOL VAI EXPLODIR NO PRÓXIMO ANO-NOVO."
Seu Zé olhou para mim e sem alterar a voz emendou essa :
" E enquanto o mundo não vai para os quintos...Vais querer o quê? Um pingado ou o de sempre ?"

9.
Para Anasor Ed Searom

HÁ UM ROSTO FEITO DE SAL

E UM GIRASSOL

NO FUNDO DO OCEANO ;

O DEUS É UM RECÉM-NASCIDO

COM DUAS FACAS NO LUGAR DOS BRAÇOS

E UMA MORÉIA CEGA DENTRO DO SOL...

OS OLHOS VIRADOS PARA DENTRO SÃO A CHAVE

DO TEU SONHO VERMELHO...

10.
O que Blanchot me disse

Para o Carlos Pessoa Rosa

PROCURA
ENTRELAÇAR
OS FATOS E AS IDÉIAS
COM O INTUITO DE INVESTIGAR NELA
UMA LÚCIDA ORGANICIDADE
QUE SE ALIMENTA DO SILÊNCIO
E DO INDIZÍVEL...

11.
Beckett-celular

Vida Guerra **atirou o recém-nascido do quarto andar e antes que aquele boneco do Farnese chegasse ao chão ele explodiu e de dentro do recém-nascido saíram vários** celulares **com mp3 e câmera digital...antes que eles...os celulares tocassem o solo se transformaram em mendigos do futuro formados na PUC,USP,UNICAMP, MACKENZIE e etc... mendigos e outros fantasmas invisíveis...visíveis por 30 segundos por causa das** 9.000 câmeras **da Avenida Geral (Ex-Avenida Paulista)**

Um dos mendigos com mestrado em física antes de desaparecer ouviu o poema dizer:
– Basta você não ter dinheiro para ser um fantasma invisível lendo isto ou
– Basta você ter muito dinheiro para ser um fantasma vivo lendo isto.
– Não há nenhuma indiferença disse o vento de 300 km **por hora**
– Não nenhuma diferença disse o celular escondido dentro da buceta da menina de 17 anos que acabou de entrar no presídio-escola para foder sem camisinha com o interno FunK-Show que ela conheceu no msn-3.000 do Google-zone
Ela vai ficar grávida...Ele vai desligar o celular...O ex-presidente vai mandar desligar os aparelhos...O presidente vai aparecer na tv digital de 11 milhões de canais...O mendigo que estava lendo Voltaire vai encontrar outro recém-nascido no lixo...O ex-mendigo agora pseudo-terrorista simbólico vai escrever no muro do presídio-escola :
'Não no Brasil...O Não no brasil..O Não nunca no brasil..Sem o nunca...Sim jamais no Brasil... Nunca no sim..O Brasil no nunca..sempre para o nunca..Amém!'
E aqui onde estamos 'GANHEI' foi o que ele disse para o ministro antes de cair...antes de cair na poltrona...do corpo do presidente saíram vários celulares e todos vibraram enquanto ele dormia
num deles..o fantasma do ex-presidente tentava em vão falar com o presidente-fantasma...O ex-mendigo do meio

do poema segurando o recém-nascido tirado do lixo
disse como se rezasse:
– Seja bem vindo GODOT!

12.

Pensando no conto 'Fora do ar' de Mara Coradello

"É mesmo possível pensar em quanto se ama ?"

Enquanto o tempo
dissolve o amor
na paisagem...
" Olhando nuvens, crisântemos
e sendo tomada de quatro"
Pela sede do irrealizável
ou seja a inocência
destroçada pela Parca
das paixões...Essa que sussurra..
"As palavras escuras e
até palavras mudas
trancadas em si mesmas.."
Que convertem
a contemplação do mundo em algo
que nos separa do mundo
e interiorizados
por esse espanto,
não percebemos
a barganha
do cupido

trocando as flechas
por um revólver calibre 38.

13.

O Nada?

Na verdade (Imanência é inexistência?). O que é acrescentado à isso é a loucura..(Ver Erasmo em Pessoa e vice-versa..No quadro de Holbein..Thomas Morus..depois voltar para o início)
***Aí dentro* é o mitológico em estado bruto ...lutando contra o abstrato e procurando driblar o sono..principalmente aquele dos caprichos de Goya..que corteja o poço sem fundo do *despertar* transfigurado no *lá fora* e etc. para ser um minotauro de si mesmo no ventre da balela do real..ops..era para ter escrito baleia..mas o erro como sempre melhora o meio e a mensagem..melhora as lápides..a minha se chama Marcelo Ariel...**

14.
Na Lan-House:

(falso ensaio em 5 aforismos-perguntas e algumas notas)

. A vida é uma Lan-house?

. Ao aumentar a velocidade do envio da mensagem ampliamos a relativização do sujeito? (*Ao observar o proprietário de uma Lan-house paquerar uma 'loura' via msn-messenger, os dois conversavam através das*

máquinas enquanto seus corpos permaneciam quietos a menos de um metro um do outro.)

. A ficcionalização de si mesmo se converte em angústia e aumenta quando aumenta a instantaneidade da comunicatividade ?(*Ao notar que a usuária A.B. possuí 19 contas, cada uma com um nome-código de acesso diferente e observar a angústia de A.B. ao se esquecer de uma das senhas para uma delas.*)

. Todo o conteúdo rejeitado pelo usuário e por ele deletado servirá como matéria prima para o inconsciente coletivo da máquina, que será, afinal de contas, o verdadeiro inconsciente coletivo ?

. Trata-se de uma terceirização da comunicatividade que com o tempo irá substituí-la. (*A máquina nos colocará definitivamente em seu 'status ?'*).

15.
Ao ator esvaziado ou O spleen de Paris no Brasil.

Ok "isto", o teatro e suas camadas, não nos une e serve apenas para juntar uma ou duas afinidades secretas, advindas da miséria generalizada, e de um convívio com a esquizôfrenia "comum", compartilhada com o mito das coisas perdidas e a visão de um demônio na escada de Durer (Na verdade um anjo arrasado e kamikase que desliga a negatividade e o niilismo às vezes por puro desdém). Não cometo a roubada de trocar a Estética do Hegel pela de Paul Singer, ou pelo Tao da física de Fritjoff Capra (Prefiro Frank Capra). Aliás, esse teatro

de merda que vai de Brasília e passa pela Vila Esperança (Maior favela de Cubatão com 10 mil habitantes fora do mapa), fazendo escalas na Colômbia e no Paraguay redimensionados, exclui o Bateau Ivre no sangue e, por isso, podemos desconfiar de qualquer grupo que possua conexões com essa ficção encenada (Cidades,Países,Máfias,O império Evangélico,A Bolsa de Valores, Ongs, Partidos e etc..). Ficção que ignora o que estamos perdendo (Ver Elizabeth Bishop) Enquanto sonhamos que não sonhamos com lacraias gigantes conversando no celular, orgasmos e etc.. O que nos leva inutilmente a Clarice Lispector e seus fios de satoris falsificados ou aos fios de fúria translúcida de Álvaro de Campos (Ver um bloco de gelo pegando fogo e a pessoa sem pele com todos os órgãos para fora se debatendo como um lençol vermelho no varal com um vento fortíssimo que depois vira uma brisa totalmente absurda) como essa platéia enorme e bestial programada pela máquina de não fazer-nada para erguer o muro etéreo das reclamações, entre um e outro copo de cerveja, um e outro campeonato de futebol, patrocinado pela maior rede de tv (Ver atores ou não-atores rodando bolsinha no vídeo-curral) Enquanto nós as ficções-vida **manipulamos um cubo de trevas dentro do não.**

16.
ESSE INSTANTE

ponto de encontro
entre dois infinitos,
onde o nada
é impossível,
e a impossibilidade
de apreender **a essência**
de tudo
nos nadifica.
Acordaremos para uma paisagem involuntária...Uma verdadeira invasão...a partir do epicentro de um falso sentido de uma fumaça... Que respira luz através dos cabelos...Parada no meio do céu...E não cessa...Amanhã estará lá...Outra vez...Inimaginável e incompreensível...Desapareceremos dentro dela.

17.
João Alexandre Barbosa & João Cabral : Um diálogo

joão: – ...É está lá na pedra do sono

joão: – Não como uma metáfora, mas como uma pergunta,um pressentimento...

joão: – Da máquina de comover...Talvez o próprio substrato do fazer ser do olho...
joão: – Você se refere ao poema como um processo

arquitetônico...o Valéry e o Le Corbusier...mas isso já estava no Walter Benjamin que ainda acrescentou a fase musical

joão: – sim, mas ele era um fracassomaníaco...note que a medida é outra...aparece algo limpo da mistificação das metáforas...livre de querer ser o real além do real ... o mar, o canavial, os sinos...

joão: – no poema dos sinos isso é menos perceptível...

joão: – a potência do silêncio já estava lá nos sinos...

joão: – você diria que a visão das coisas deve ser um modo de desmistificá-las...de livrá-las de ser aquilo que não são...

joão: – mas eu não sei o que as coisas são...

joão: – você está dizendo que é um leitor atento e passivo da fruição do mundo...

joão: – do mundo não, *do tempo...*

18.
DEPOIS SERÁ A SOMBRA

Para o menino que nasceu sem cérebro e o menino que nasceu sem os braços e as pernas em Cubatão.

"Lá pela aurora acordou. Oh! Que doce música! A sua alma estava toda molhada de orvalho. Por sobre seus

membros adormecidos haviam passado frias ondas, muito pálidas, de luz." - James Joyce

ANTE-VOZ NA PAISAGEM DO ÚTERO :

Para o inferno
com os céus
da arte & política ,
devastadores e indivisíveis,
apenas olham
a vida,
nela *outra parte*
erra em direção à matéria,

onde escondido
em seu contrário
o invisível
sempre retorna
para limitar
a fenomenologia do sensível,
que alimenta esse delírio
do barro em pó
que o tempo
sopra,
barro que antes
evocava para si
um corpo-casa
para a morada da alma...
Corpo-Número do sonho
que de morte em Morte

antecipava para outro corpo fé ou revolta e
da razão maior seguia
apartado e avançava
até ser
enterrado,
que pelo conhecimento
indesejado
dos abismos,
fazia-se

corpo-nuvem
olhando pra dentro
de um raio de sol
que o atravessava :

o tempo

Ponto de fuga
equivalente ao nosso
espaço,
cantando para ser
um eco-branco
transportado pelo vento
da memória...

(Nela vemos o Véu das imagens afundando em indiferença e esquecimento...)

O ABRAÇO-OCEÂNICO :

Para o céu
com o inferno
das certezas que gritam :

Os Eus unidos jamais serão vencidos !

Mas os eus todos são apenas uma marca
invisível na pele do mundo...

O que é esse momento antes de ser?

O que é ser devorado por esse cão da metafísica?
Cão que sente o cheiro da agulha de luz
que atravessa o caniço pensante de Pascal,
caniço ali dentro do lago do útero
ainda dividido
em duas metades
que avançam devagar
para o centro do que será :

Um rosto perfeito !

Lugar ideal para a tensão permanente
dos sentidos...
Para o primeiro pensamento aberto
se fechar para sempre...
Para o futuro poema-problema
na paisagem...

Para ser a face da Criança-Súmula-do-enigma
nascendo
apenas para ver
a luz e partir...

A SENTENÇA :

Para este será dito o veredito incancelável : *'Melhor não'*
pelo próprio ar proferido.

Para este será o intransponível : *'Depois será a sombra'*
Pelo dia seguinte confirmado.

E ELE DIRÁ SEM A VOZ:

Nunca mais
para esta luz
que de sono-em-sono
reconstrói em nós
o circo do visível
no jardim do ininteligível...

Nunca mais
para árvores & nuvens:
Peles e ossos...
Senhas para a leveza
Insuportável dos não-nascidos,
que abriram por dentro
sem saber como
a porta deste nosso olhar

para sempre perdido...

HÁ ESTES DOIS:

O que nasceu sem cérebro
E o que nasceu sem os braços e as pernas
em Cubatão,
Eles também sondaram essa porta
que devora o infinito
onde se lê:

"Doce é o sangue da luz desenhando um rosto em volta de um
Crânio vazio"

Um coro inteiro de Querubins ao ver a porta
se lembrará do outro menino
que agora corre mais rápido do que a luz
sem jamais ter saudado com suas mãos e seus passos
O absurdo-humano-trágico...
O absurdo ser-certeza

(Milhões vivendo para anunciar a glória de Eucaliptos &
genocídios debaixo do Sol)

A PORTA-ABERTA:

Por onde os olhos respiram a morte do tempo...

VOZ NA PAISAGEM DA QUEDA:
Não conheci as vozes-elos da corrente

que a Jacó apareceu como uma escada
e era um cadeado,
que a Jó apareceu como condenação
e era um atalho...

VOZ DO ABISMO:

Para que ter nascido?
Para o alheamento do tempo?
Para ignorar nele a essência do indizível?

E tu?
Criança que nasceu sem cérebro,
Para ser como é esta árvore incendiada:
Um pensamento ininteligível do mundo
que dele se desprendeu sem dizer as palavras...

Para ser essa luz
que grita em volta das fábricas

E tu?
Criança que por segundos
Cancelou o azul do céu :
Criaremos para ti
Um novo firmamento
sem esse angustiante véu
ignorado pelas hordas...

Para ti colocaremos no alto
a tessitura do oceano
e ela cantará

a Ária do fim...
Ó Criança
que aos nossos olhos
se converteu em um Salmo dessa luz
que no meio da noite avança,
para ti
o tempo
em breve
executará
a conversão noturna
das cidades
em cemitérios
subterrâneos
e devorará todos os sóis
como Saturno
devorou seus filhos,
arrancando com os dentes
os braços, as pernas e um pedaço da cabeça...
E eis que o Arcanjo Gabriel
abre outra vez a porta
e chama pelo nome todas as crianças que nasceram mortas.

Esta obra foi impressa pela Gráfica EME, Av. Brig. Faria Lima, 1080, V. Fátima
Capivari-SP, para a Associação Cultural LetraSelvagem.